못 속에는 못 속이는 이야기

김박은경 시집

문학동네시인선 148 김박은경

못 속에는 못 속이는 이야기

시인의 말

늘 딴생각이다. 단어마다 字字, 어룽거린다. 당신은 당신의 당신과 당신을 당신이 당신에게 당신까지 당신한테 어떻게든 달라붙는 운명 같은 것. 그러나 그것들은 당신이 아니라 그렇게 말하는 자를 뒤흔드는 중일 텐데. 다른 사람이 되고 싶었다. 다른 삶을 살고 싶었다. 다른 시를 쓰고 싶었다. 그럴 수 없다는 것을 안다, 그럴 수 없다는 것은 안다. 그 사이가 아득히 멀다. 자자, 이제 그것에 대해 써보자 하는데 또 쓸데없는 것을 쓴다고 근심하는 당신에게 써야지. 쓸모없음을 사랑해요, 나는 당신의

2020년 가을
김박은경

차례

2부 언제까지나 왜요

1부

영원히 영원은 아니니까요

당신의 적격

당신이 당신을 당신의 당신에게 당신과 당신은 달라붙은 글자의 것, 말도 못하게 아름답고 말도 못하게 끔찍하지 말을 잘 못하는 나는 농담처럼 이런 사람이거나 농간처럼 저런 사람이거나 표정의 어투의 시시각각이 어지러워 시끄러워 그렇게나 말이 안 되는 말이라는 거니

운명은 사소한 것들이 좌우하는지 사소한 것들이 그렇게나 중요한지 당신이 견디는지 당신을 견디는지 지금 어느 쪽에 있는지 아득히 멀어 당신이 아닌 것도 같은데 견디고 있다고 말하면 견딜 수 없을 것 같아 사실은 사실이 아닐지도 모르지 그래도 괜찮니 아니요 그렇다면 괜찮아요

미안하다고 자꾸 그러면 미안해지지 웃고 있는데 웃으라고 그러면 울고 싶어요 그러면 뭐라고 해줄까 무슨 말을 듣고 싶니 당신은 누구신데 나를 압니까 당신 진짜 이름이 뭐요 당신이 아는 이름을 당신을 아는 이름을 정말로 안다고 말할 수 있겠소

황홀은 그다음

압화가 있다 얇다 작다 길다 검다 희다 언뜻언뜻 붉은 씨방이 보인다 씨앗들이 보인다 기억은 만개의 순간을 놓지 않는다 저 꽃가지쯤에 앉았겠지 피어나기 시작한 새와 어지러이 날아가는 꽃송이라니 황홀이라고 바로 지금이라고 더욱 눈감지 않고 날지 않으며 허기도 연명도 없다고 충분히 높고 깊어 더이상 향할 곳이 없다고 완벽이라고 최후를 울었겠지 그대로 영원이 되었을 텐데,

여기 한 송이 길조가 피어 무구한 낙화들을 예언할 때 오월은 다음을 향해 저녁은 다음을 향해 사라지는 것은 더욱 사라지고 유한은 무한은 서로의 다음이 된다 새였던 것이 꽃이었던 것이 그것이었던 것이 아닌 것이 된다 희박해진다 대기는 온갖 것들로 가득해 온 사방 그것이 아닌 것이 없어 나는 새 나는 꽃 나는 불 나는 밤 나는 날고 나는 피어나고 나는 뜨겁고 나는 어둡다

나를 위해 죽고 싶은 사람을 위해 죽고 싶어 당신도 같다면 우리는 한통속, 분별이 없어 똑같은 고백과 이별이 되풀이된다 한다 실수와 실패를 되풀이한다 능동과 피동을 뒤섞는다 뒤섞인다 어지러워 서둘러 다음이 되고 싶어 가능의 불가능의 그다음이 되고 싶어 이상한 결론의 방식이 마음에 들어 더 멀리 있는 별이 더 빨리 사라진다고 했지 우리는 그것을 재촉하고 어디서든 새는 최선을 울고 황홀은

Keep calm and get tattoo

여기 이 점과 점 사이에 하면 좋겠어요 그래요 좋겠어요 웃었지 누군가 웃었을 거야 팔뚝의 작고 사소하고 오래된 점까지 잘 보는 그런 점이 좋아 평생을 모르고 놓치는 점을 놓치지 않는 그런 점이 좋아 아무도 모르던 점을 알아보고 되살리는 그런 점이 좋아 점의 효용을 점의 미덕을 알게 되는 점이 좋아 한 번에 한 번씩 점을 찍으면 낯선 손목은 더욱 낯설어 어쩐지 다른 팔을 달고 있는 것 같아 다른 사람이 된 것 같아 무겁기도 하고 무섭기도 하지 점점의 다짐 같아 영원을 새겼으니 영원히 보이겠지 영혼을 알아볼 수도 있을까 너무 깊지도 얕지도 않은 자세가 필요해 지나치지 않으려고 지나치게 힘을 주다니 아아 힘을 빼세요 힘을 어떻게 빼더라 힘을 빼는 건 힘이 드는 일, 그래도 곧 끝날 거야 그래서 곧 끝날 거야 고개를 숙인 사람의 표정이 궁금해 고개를 더욱 숙이는데 될 일이 된다면 안 될 일은 안 되겠지 애쓰지 않으려고 애를 쓰다니 달리 할 수 있는 건 없나요 없어요 없겠지 언젠가 있는 것도 죄다 없겠지 없어서 무척 찾을 때 부를 때 조용히 손을 내밀 거야, 언제나 언제까지나 나는 여기에 있었어요

파본

사각사각 연필을 깎아서 사각을 향해 걸어들어가면 고개를 아무리 돌려도 볼 수 없는 배면과 만나겠지 우리는 한 장 종이의 앞뒤로 이어져 각각의 자리에서 각자의 연필로 적어 내려가는 거야 잠시 내비치지만 이마를 짚어볼 수도 있지만 점점 다른 쪽으로 향할 거야 쓸수록 멀어질 거야 결말이니까 뒤집을 수 없으니까 그만하자, 그런 말도 그만하자 의미를 찾고 싶겠지 알고 싶겠지 지친 호흡기를 떼어내는 손처럼 말라버린 뿌리를 들어내는 삽처럼 시한이 다하는 마침표를 위해 드라마틱한 까닭이 필요하겠지, 그러나 이것은 땅 위의 거대한 그림 같아서 멀리 가서야 알 수 있는 것 너무 멀어서 보이지 않을 때까지 보아야 하는 것 출처가 불분명한 인용에 뒤섞여 언제까지나 맥락이 없구나 이해할 수 없는 눈물을 흘리는구나 너는 참 사랑을 헤프게도 쓰는구나 대답을 먼저 하고 문제를 알아맞힐까 대답이 불가능한 문제를 찾아볼까 증명을 위해 남은 생을 탕진할까 여기도 아니고 저기도 아니고 하거나 말거나 달라지지 않을 텐데 글자마다 페이지를 파고드는구나 이면의 희미한 요철을 따라 반만 남은 영혼들이 창밖을 내다보는데 창밖은 달라붙게 쓴다, 마음속도 언제나 달라붙게 이렇게나 가까워서 보이지 않는다, 그러니 너에 대해서 더는 쓸 수가 없겠어

안녕, 나야

죽은 새들이 떨어지는 걸까 떨어지면서 죽는 걸까 멈춘 새의 심장이 맥박을 타고 흔들린다 작은 벌레들을 먹고 또 먹고 죽은 새, 새의 부리 새의 발톱 아직 단단한 것들 금이 간 눈동자 금이 간 날개 쪼개진 틈으로 빛이 스민다 그걸 따라 벌레들 기어들어간다

반은 따뜻하고 반은 차갑고 반은 가득차고 반은 텅 비어 얼마나 기쁘고 얼마나 슬픈지, 불안도 맞고 확신도 맞다 어두운 곳과 조금 더 어두운 곳이 남았다 미치도록 궁금했으나 이제 거의 분명해졌다 끔찍했다고 할까 아름다웠다고 할까 어디에서도 오지 않았고 아무것도 되지 않았다

손가락질을 할 때마다 손가락으로 변해갔다 침을 뱉을 때마다 침으로 변해갔다 틀렸다 틀려먹었다 덜 마른 악취들도 곰팡이들도 피어난다 너와도 피었던가 아니, 아닌 사람들, 얼굴은 거미줄로 뒤덮여 가끔씩 깨어나면서 소리는 지르지 않으면서 귀는 막지 않으면서 찌르는 목소리와 감싸안는 목소리가 동시라니 믿을 수 없는데 믿지 않을 수도 없다니

조롱과 통증 사이 길게 자라는 손톱으로 긁으며 나의 다리를 베고 누운 나의 얼굴 나의 눈을 들여다보는 나의 얼굴 한 번도 본 적 없는 사람처럼 서늘하다 죽은 것들로 몸을 채웠을 것이다 삼킬 수 없는 것들을 삼켰을 것이다 양 손바닥

에 눈동자를 그려넣은 적 있다 목도하려고 잊지 않으려고, 그래놓고는 주먹을 꽉 쥐고 시작을 되풀이한다 주먹을 감싸쥔 눈이 아프다 너무 많이 박힌 금단들

언젠가의 밤과 어젯밤과 마지막의 밤까지 내가 너야 네가 나야, 안다 알고 있다 알고 있다는 것을 안다 어제와 내일이 금간 틈으로 빛이 새어나온다 그리로 기어들어간다 안녕, 또 나야

정신과 확인

더티 올드 맨, 부코스키가 하는 거라곤 깨어 있는 내내 실험하는 것 술 마시고 담배 피우고 또 마시고 피우고 하룻밤에 여섯 명의 여자와 섹스하는 것 그것은 자살한 웃음 전도사나 조울증 개그맨의 예감은 아니었을까 녹물이 흐르는 쇠못을 박은 채 스마일도 환하게 내일은 없는데 그렇다고 오늘이 있는 것도 아니라니 멍투성이로 죽어가는 아이 방 테디 베어 무늬 암막 커튼처럼 용서해주세요, 아무것도 아니에요 사라지는 음성은 아니었을까, 형장에서 죽지 못한 자들처럼 그들에게 다시 선고를 내리는 자들처럼 발버둥칠수록 조여드는 올무를 확인한 것은 아니었을까 깨끗하고 젊은 피가 온몸을 돌아 독이 되다니 한 숨 한 숨이 독을 만들어내는 일이라니 낯선 피를 바라보는 투석 환자의 아득함은 아니었을까 거대한 병실 작은 침상 창문 사이 퍼덕거리는 벌레 느리게 점점 느리게 가라앉으며 사랑해, 사랑하는 음성도 별로 아니면서 양 한 마리 양 두 마리 불멸의 불면은 아니었을까 벌어진 상처 속의 견고한 침묵, 참회 같은 건 하지 않으면서 반드시 깨어 있으면서 멱살을 잡고 묻는다 부코스키 씨, 오늘 나랑 어때요

다른 이야기

불면이라고 하자 불멸이라고 했다 무섭다고 하자 무덥다고 했다 말에 말을 잇는데 말이 되지 않았다 시선이라고 하자 시신이라고 하자 마주보는 시신처럼 가능한 시선도 없이 떠다니는 웃음들 속삭임들, 아무도 없는데 떨어지는 책은 왜 자꾸 꺼지는 외등은 무슨 말을 해주려고 시계(視界)라고 하자 시계(時計)라고 한다 우리는 일치하는가, 아니 너무 많아 많은데 많아서 막막하지 시계는 죽어버렸어 광대하여 끝이 없거나 너머 저 너머에 또 너머가 있거나 너는 내가 지어낸 이야기 아니 우리는 서로의 이종, 다정을 잃었고 근친은 버렸고 고백은 무릎을 안고 우는 것 같다 생각하는 것과 생각나는 것은 전혀 다른 이야기 돌아가고 싶어 이미 돌아왔다는데 기억나지 않는 것을 기억해야 하는데 분명한 건 분명한 게 없다는 것, 죽여버렸으면 죽어버렸으면 누가 누군가

관계들

너는 A형인가 묻는다 나는 AB형이라고 말한다 너는 그럴 것 같다고 말한다 그러게, 나도 고마워 너는 고마운가 묻는다 나는 싫다고 말한다 너는 그럴 것 같다고 말한다 그러게, 나도 그만할 거야 너는 그만할 거냐고 묻는다 나는 잃었다고 말한다 너는 그럴 것 같다고 말한다 그러게, 나도 왼쪽이라서 너는 왼쪽이냐고 묻는다 나는 까다롭다고 말한다 너는 그럴 것 같다고 말한다 그러게, 나도 죽이고 싶어 너는 죽이고 싶으냐고 묻는다 나는 잃었다고 말한다 너는 그럴 것 같다고 말한다 그러게, 나도 용서해줄게 너는 용서하느냐고 묻는다 나는 지겹다고 말한다 너는 그럴 것 같다고 말한다 그러게, 나도 웃기다니까

나갔던 문으로 다시 들어가다니 믿을 수 없이 믿을 수밖에 없이 산만하게 부풀며 집요하게 쭈그러들며 가득히 차오르며 남김없이 빠져나가며 선명히 돋아나며 추레하게 시들며 알잖아 그게 무슨 말이지 너는 계속 묻고 나는 계속 답하며 얼마나 아름다운지 어떻게 해야 아름다운지 더하지 못하며 멈추지도 못하며 고개를 끄덕거리다가 슬그머니 가로젓다가 뭔지 모르지만 향긋해 이상스럽게 고약해 가끔 빛나며 대부분은 희미하며 악착같이 붙잡으려다가 자꾸만 떨어뜨리며 지루하게 핥으며 입에도 대지 않으며 뭐니 그게 뭐니 그거 맞아 확실해 글쎄 어떻게 반드시 절대로 끝없는 컨베이어 벨트들 무수한 비포 애프터들, 듣지 마 내 말 들려?

저지르는 손을 치우는 손을 조르는 손을 풀어내는 손, 어디로든 열려 있는 손마다 이유가 있어야 하는 건 아니잖아 감추다가 꺼내다가 쓰다듬다가 할퀴다가 들키지 않으려 손을 꽉 쥔 채 놓치지 마 제발 놔줘 우리 영원토록 어깨동무나 하자 우리라니 우리가 대체 누구지 이토록 자명한 실패라니 아무도 아닌 사람은 없다 지금 이 순간 앞이라는 데를 향해 지친 자는 지쳐 더는 지치지 않고 취한 자는 취해 더는 취하지 않아 웃는 건지 우는 건지 찡그린 얼굴 우투우타를 견제하는 토르소 마네킹 일렬횡대의 확신들 뒤엉켜서 밀려나온다 이것은 행복하지 않지만 나쁘지도 않아 사실과 다르지만 옳을 수도 있겠지 한번 뜬 눈은 영원히 감는 눈, 이제 와서 그게 다 무슨 소용이지

언젠가 지금과 다른 생

오래 앓아 지루해진 당신이 묻네, 언젠가 지금과 다른 생이 있겠냐고 강물은 당신 발목을 향해 흐르고 두 갈래로 갈라지고 파문은 당신으로부터, 흔들리던 것은 흔들리는 수밖에 흘러가던 것은 흘러가는 수밖에 지금 묻고 있는 사람은 언제까지나 묻는 사람 지금 슬픈 사람은 언제까지나 슬픈 사람 당신을 잊을 수 없는 당신은 아마도 잃을 수도 없는 사람, 그 더운 이마에 얹으려고 강물에 손을 담그네 손을 따라 밀려오는 강물을 따라 번지는 빛을 따라 봄을 따라 참 아름다워서 죽기 좋은 날이라고 하겠지 병이 아닌 꿈이 없다고 독이 아닌 숨이 없다고 눈을 감은 채 하는 질문은 가만하고 부드럽고 실컷 어리석은 것, 어리광처럼 초록이 간지러운 강가에서 따뜻한 입김에 기대고 싶겠지만 아니요, 아닙니다

오늘의 영원

겨울이 있어요 거울이 있어요 겨울의 거울이 좋아요 좋은 게 좋아요 좋아하는 게 좋아요 좋아지는 게 좋아요 조금씩 자꾸자꾸 더해지는 게 좋아요 아주 추워 아무도 지나지 않는 거리가 좋아요 아무도, 그거 좋아요 막막한 거리(距離)가 좋아요 창가의 차가운 손가락들 기를 쓰고 달라붙는 입술과 뾰족해지는 물방울들이 좋아요 내일은 더 춥고 모레는 더더욱 춥고 날마다 더해지는 거 좋아요 얼음 속의 빛, 결빙된 순간들 순정한 입자들 무한한 인칭들 안녕을 묻고 답하기도 전에 얼어붙는 당신의 눈빛은 물기 어린 어린 생의 것, 수면 깊이 요동치는 밭은 숨은 두려워지는데 겨울 속의 거울 속에 또 눈이 내려요 눈송이 속의 눈동자들은 세상을 다 보았을까요 피는 묽어졌을까요 점점 느리게 흘렀을까요 눈에 눈이 멀 듯 마음에 마음이 멀어요 멀게 되면 멀어집니다 먼 하늘의 새들이 떨어집니다 눈송이 같아요 꽃잎 같아요 찻잎 같아요 빵 부스러기 같아요, 같은 게 좋아요 번지니까 끌어당기니까 그래도 불가능해 미련한 영원이 되니까 좋아요, 거짓말! 새가 맞습니까 가진 적 없는 것에 슬퍼질 수 있나요 가진 적 없는 것을 잃을 수도 있나요 기억나지 않는 기억도 있나요 우리는 서로를 모르고 있나요 예, 혹은 아니요 하지만 겨울을 알면 겨울을 보게 됩니다 거울을 알면 거울을 보게 됩니다 그렇게 바라본다 해도 변해갑니다 바라보는데도 사라지게 됩니다 그러니 지금은 곁에 있어요 영원히 영원은 아니니까요, 좋아요

녹사평

사랑했던 사람의 손은 언제까지나 다른 것 이어진 팔은 몸은 심장은 입김처럼 닿아 있다, 그때 갱스터처럼 불온하고 행복했을 때 수심 없이 명랑했을 때 용감하여 거의 미쳤을 때 이것 아니면 저것 둘 중 하나가 되려고 숨가빴을 때 우리는 진짜 무엇이 되고 싶었을까, 다시 만난 초승달의 밤 아직도 아무도 아무것도 되지 못했다 지친 애인들의 헐렁헐렁한 어깨 납빛 낯빛 흐릿한 이마 걷고 또 걸어도 벽으로 이어진 이곳은 문이 없구나 밤의 동물원 혹은 낮의 밀실 미치게 좋았던 사랑도 헤매던 믿음도 가두어두었던 곳에 갇혀 있다 숨어들었던 곳에 숨어 있다 시작의 꼬리 끝의 머리 이제 어느 쪽이 좋겠습니까, 이 잠에서 언제쯤 깨어나게 될까 꼭 생시 같은 사람들 처음처럼 다정하지만 두 번 다시 만나지 못할 수도 있다 얼어버린 두 손을 주머니에 넣고 발맞추어 걷는 녹사평은 푸른 풀이 무성한 들판, 그러나 이미 풀을 잃은 청회색 골목에서 우리는 조금 취한다 이미 잊은 사람도 있고 잊은 것을 잊은 사람도 있겠지 어지러운 숨의 숲에서 실금처럼 떨면서 아직도 네가 좋지만 절대 묻지 않는다, 영원히 궁금하겠지

혼수

울지 않으면 슬프지 않은가 슬픈 일마다 울어야 하나 정신이 사라진 몸이라면 회복될 수 없는 병이라면 겨울 강의 물고기들처럼 얼어붙어버렸다면 바라보기는 하지만 느끼지는 않는다면 언제까지라도 계속할 수 있지만 잊을 수가 없다면 잃어버리고도 멈출 수가 없다면 허망으로 남은 생을 지탱해야 한다면 이쪽과 저쪽은 다르지 않다 나란하다 팽팽하다 하나 둘 하나 둘 양발에 양말을 신었다면 오른발 왼발은 잊어야지 잊어야 걸을 수 있다 신사 숙녀 여러분, 이게 마지막입니다 마지막 햇살 마지막 인사 마지막 숨을 지나 마지막의 가장 마지막은 언제 옵니까 울고 나서 할 일은 울음을 그치는 일 살고 나서 할 일은 살기를 그치는 일, 그나저나 이것은 꿈과 같군요

밤 열두시

눈부신 달밤의 극약은 식은땀을 흘리네 단숨에 마시고 단번에 끝내자 너무 오래 살았잖아 누군가는 비웃고 누군가는 기뻐하고 누군가는 울겠지 어쩌면 좋아 차가운 손등을 덮어주어야 할까

살아갈 날이 많지 않은 노인들이 그게 너무 많은 아이들이 조용히 앉아 들여다보는 마지막 한 방울이 탁자 위로 떨어져 둥글게 부풀어오른다 확연하고 부드럽고 어지럽다 마침표처럼 기억처럼 끝도 없이 반복되는 폴카 도트 무늬처럼

떠나보면 알게 될 거예요 어렵기도 하고 쉽기도 하고 오래 걸리기도 하고 단숨에 끝나기도 하고 저마다의 음모가 아무렇게나 드러나다니 운명의 초침에 걸려 아슬아슬하다니 기도를 할까 위로를 할까 놀라거나 실망하는 표정을 향해 두 눈을 감아야 할까

아무도 죽지 않은 동네는 없다는데 함께 가지 않는다면 언젠가 헤어질 텐데 계단을 내려갈수록 우리는 모르는 사람, 반쯤 열린 가방 속 방전된 휴대폰과 구겨진 수첩과 절반 정도 남은 물병, 주저앉아 울고 있는 사람이라면 잃어버렸구나 어깨를 조금 안아주고도 싶은데

벽 하나만 건너면 유골들이 즐비한 곳에서 길을 잃었다면

어디로 가려던 것인지 과연 가려던 것인지 잊어버렸다면 사라진 방의 열쇠를 쥐고 헤매고 있다면 꼬리에 꼬리를 물고 또 물기도 지쳤다면 이제 뭘 물어야 할까 혼자 묻고 답해야 하는 순서라면

희미해진 뺨을 쓰다듬는다 해도 팔짱을 낀다 해도 나를 위하는 일이겠지 얼룩을 지워버린 얼룩말처럼 지느러미를 잘린 고래처럼 허전하고 불안하고 이상하겠지 죽을 수도 죽일 수도 있을 만큼 그 사랑을 한다 해도 어쨌거나 유령을 위하는 일이 될 텐데

길고 긴 여행 하나가 끝나간다 가끔은 빛과 열기가 가끔은 칠흑과 한기가 돌림노래처럼 되풀이되었지만 그래서 좋고 그래서 나쁘지만 다시는 못 가겠어, 돌아서서 몇 걸음 걷기도 전에 다시 티켓을 끊고 마는 여행 중독자처럼 응급실 문이 또 열린다

사교적인 적

만날 때마다 끌어안는다, 빈손을 증명하려고 악수를 하면서 익숙한 혀로 빠르게 찌르면서 죽지는 않을 만큼 적당히 그럴 의도는 아니었어, 뒷걸음으로 사과하면서 조롱하면서 부드럽게 핥는 척 다시 한번 날카롭게 쑤셔넣으면서 언제나 무기는 챙기거든, 감탄인지 한탄인지 시끄럽다 귀엽기도 하고 징그럽기도 하고 흔하디흔해 언제든 대체할 수 있는 네가 서럽게 울다니 오늘은 이러지 마, 울 수도 있고 울면서 웃을 수도 있고 말없이 답할 수도 있지 한 번은 잘하고 한 번은 망치고 겨우 떠나갔다가 쉽게 돌아올 수도 있고 간신히 열리려는데 무너질 수도 있으니 괜찮아 잘될 거야 언젠가, 그런 말만 안 하면 좋겠는데 침을 뱉어도 좋아 손을 닦아도 좋아 비린내가 몰려오겠지 안개는 끈적거리겠지 겨우 가라앉았는데 어제 우리는 누구였지? 희망과 긍정을 구해도 결코 오지 않는 시간, 걸을 때마다 허공에 떠 있는 한쪽 발처럼 심장을 위해 작아진 한쪽 폐처럼 기억은 희미해지거나 사라지지 그게 너라고 해도 혹시 나라고 해도

미치도록 손과 입

쥐의 심장을 놓지 않는 고양이도 빛나는 눈알을 잃지 않는 벌레도 정확하니까 치명까지 파고드니까 강한 것은 입이라는 걸까 처절하고 치열하고 날카로우니까, 혹은 손이라는 걸까 그것들을 가리키고 파헤치고 헤집으니까

한낮 화단 꽃무늬 플레어스커트 소녀 빛나는 단발을 귀 뒤로 넘기는 손가락을 매단 손마다 거울마다 시간 속으로 떨어질 텐데 사라지는 그림자를 덮는 검은 입들만 한없이 불어나 선명할 텐데 그러면 손과 입 중 뭐라는 걸까

쓰다듬으며 노래 부르는데 왜 울지? 노래를 멈추지 않으니까 손을 탯줄처럼 두르고 졸라대니까 그 손을 떨어뜨리며 돌겠어, 돌면 손을 들어 입을 틀어막을까 무릎을 끌어안을까 그러면 남은 손이 다가와 이마를 짚어주고 품을 파고들까 그러면 입술이 희미해질까

진력난 애인을 위해 기를 쓰는 손과 깊숙한 혀를 지나 밸브를 열고 오븐을 여는 손가락이라면 머리를 들이밀고 눈물을 닦으며 하나 둘 셋 수를 세는 푸른 입술이라면 운명이나 우연이나 뭐가 다르지, 아무 말이나 좀 해봐 손이라도 꺼내봐 그렇게 미치도록 간절하다면

미봉

Self는 마크 퀸(Marc Quinn)의 작품 이름, 제 혈액을 주기적으로 뽑아 모아 만든 자신의 두상에 사용된 4.5리터의 그것은 사람 몸에 들어 있는 전체 혈액의 양과 비슷하다 영하 70도로 냉동 보관해야 형태를 유지하는 붉고 차가운 데스마스크의 냄새 그것의 위용 아니 그것의 허영 그것의 기만 그러므로 Self는 자아는 나는 내가 아는 사람들은 모두 같은 족속, 슈퍼맨도 배트맨도 트럼프도 푸틴도 하나씩의 싱싱한 붉은 피의 주머니 뼈와 살의 주머니 기름과 오물의 주머니 추억과 악몽의 주머니 결핍과 포만의 주머니 조금씩 상해가는 주머니는 단단히 밀봉되어 웬만해선 냄새가 나지 않습니다 가끔 나기도 합니다 우리의 그리운 젖무덤 아니 젖과 무덤 아니 소의 붉은 젖은 금세 엉겨 죽은 어미 소를 따라가겠지 냄새를 풍기겠지 건초 더미 위로 스치는 어렴풋한 환각 햇살과 바람과 구름과 새를 따라 흔들리는 푸른곰팡이 솜털들을 따라 기다림은 화로 변하고 기억은 우유 왕관 모양, 왕국을 버리고 싶은 늙은 왕처럼 영광과 탄식은 한몸의 두 주둥이 순식간에 흔적 없이 달려들다가 달려나간다 진탕 속의 아킬레우스는 열일곱 번의 밤과 낮을 애도하고서야 화장되었다지 냄새들은 그러고도 한참을 장악했다지 화로 화를 지울 수 있을까 화장을 위해 감쪽같이 화장하려는데 포유하는 것들은 같은 냄새로 왔다가 가 태아처럼 웅크린 냄새들만 끈질기게 잠복해 폭도처럼 밀려들어 원래부터 주인이라는 듯 드디어 돌아왔다는 듯 그러니

질문은 멈추고 입은 닥치라는 듯

왜 부서지는 귀는 과자 같아 얼음과자 소리 들리니 가볍게 부서지는 희박해지는 결정뿐인 너의 결정을 존중해 사라지는 순식간을 사랑한다 너는 하지 않는다 제 안의 물기로 얼어붙겠지 울음이 아니라면 아니었을 거야 후회하지 않는다 너는 한다

무엇을 하니 무엇이 있니 무엇이 없니 무엇이었니 계절이 없고 시간이 없어 신속히 늙어버리는 가끔 매우 느리게 흐르는 순간이 있는데 소리 없는 소리를 들을 그때도 배는 고프게 된다 어떻게든 어떻게 채울 수 있겠니 몸은 온통 열려 적합하지 않지만 몸에 몸을 몸이 몸으로 봄은 몸에게 절대로 타인이라는 거죠 영원이라면 완벽하니까 더할 나위가 없겠습니다

웃고 울어도 과장이니까 과정이니까 하나 둘 세 개의 세계를 빠짐없이 지나도록 스스로를 키웁시다 아무리 키워도 부족하겠지 상처투성이 껍데기만 남아 턱없이 부족해 얼룩덜룩 너덜너덜 지긋지긋해진 북을 칩시다 질기게 울겠지 울리겠지 차오르겠지 흐느끼겠지

어느 숲길을 오르는 좁고 무거운 아카시아나무 관은 기우뚱하겠지 대지는 맞춤한 붉은 입을 떡 벌리겠지 아무나 아무려나 아무 말이나 집어삼키다가 오래 없는 귀를 막으며

귀기울이겠지 허기는 왜 이리 소란스러울까

못 속이는 이야기

못 속에는 못 속이는 이야기, 벽에서 못이 떨어졌다면 돌이킬 수 없이 휘어져 있다면 못도 속도 휘어졌겠지 다정을 다 주면 다정을 잃게 된다 파고드는 아이를 안고 업다 굳어버린 지친 몸처럼 고스란히 운명의 각이 잡히게 된다 불안과 불신이지만 전체적으로는 낙관했겠지 무모하게 희망했겠지 기를 쓰며 휘둘렸겠지 아무것도 몰랐다면 우리는 없었겠지 검고 좁은 못 구멍의 전후로 영원토록 적나라한 미래라니 가능한 모든 차원으로 달라붙는 그것은 이종의 피 혹은 뼈, 가족 아니 가죽 달라붙어 거두고 가두니 안거나 안지 않거나 갈 수 없다 안에서도 밖에서도 열 수 없다 문이 없다 찐득한 얼룩과 냄새가 왜겠니 더러운 게 아니라 가난한 거야 할 수 없는 게 아니라 없는 거야 알려주고 싶지 않아 주고 싶지 않아 죽고 싶지 않아 하지만 고통일 거야 내일에게도, 가장 안쪽에 먼저 죽은 것이 있다 죽은 것으로 가득해 빈틈이 없다 더이상 살 수 있는 것이 없다 살아 있는 것이 없다 구멍마다 외눈박이 아이들 서글픈 꿈들 믿을 수 없을 만치 작고 동그란 어깨의 형태 그럼에도 속절없이 다녀가다니 좁은 방 벽에 늘어가는 못 자국처럼 기웃기웃 안부라도 전하는 건가 빛을 향하는 것이 목숨을 거는 일이라 천지간 꽃향에 취해 걷다보면 널브러진 꽃가지들이 수습 못한 팔다리 같아 꽃을 잃은 나무마다 비틀거리는 여인 같아 으깨진 꽃물은 피눈물 같아 빈 벽의 빈 구멍들을 차마 볼 수 없는데

확신하는 이목

네시 방향으로 놓은 카메라가 세시 반 방향으로 왼쪽으로 올려둔 프라이팬이 오른쪽으로 목욕 가운이 수건으로 칫솔이 치약으로 여러 번 훔쳐보았고 초록색도 사라졌다니 정리하면 시끄럽다는 거죠, 심하다는 거죠, 참을 수 없다는 거죠 고개도 들지 않고 단언하며 종이를 채워가는 유스타키오의 손에서 사탕을 벗기면 껍질이 굴러다니고 숨을 쉴 때마다 주머니가 무거워지고 좁은 복도가 자꾸 이어지고 솜털들이 흩날리고 그러니까 어떻게 그럴 수가 있겠지요 나라도 그럴 수는 없다니까 죽어도 잊어버렸습니다만 어떻게 하면 사랑해요 미치지 않고서야 두 번 다시 만나서 얘기하자 정말이야 너한테만 누구세요 영원히 술 한잔 즐거웠어요, 이래갖고서야 고맙다니까

어디는 있고 우리는 없고

골목은 있고 건물은 있고 간판은 있고 그늘은 있고 햇살은 있고 외면은 있고 예감은 있고 바깥은 초가을 청청한 숨이 도는데 바람은 없고 창은 없고 물기는 없고 계절은 없고 기척은 없고 축복은 없고 성급히 눈 감긴 영혼들을 가만히 흔들면 층층이 우르르 내가 깨어나는데 악몽은 있고 허기는 있고 통증은 있고 치욕은 있고 진창은 있고 끝장은 있고 옥상은 있고 아침은 없고 무사는 없고 비명은 없고 문은 없고 신발은 없고 이름은 없고 유언은 없고 정령은 없고 예외는 없고 무서워 너무 무거워 불가능한 울음을 삼키며 이제 우리 어디로 가나요, 물을 때 어디는 있고 우리는 없고 개미들은 아직 다리를 떠는 어린 여치 위로 부지런히 흙을 물어다 덮는데

요철의 모월

손등의 요철을 더듬으면 텅 빈 달이 달아나 얼어붙은 비밀은 희미하게 떨리는 눈꺼풀은 아이들이 자꾸 사라지는 비탈은 느리게 멀어지는 이별은 목이 말라 제 목을 조르는 나무는 그것을 찢고 나오는 꽃가지는 독이 솟아나는 혀는 떨어지지 않는 진절머리는 얼어붙은 두 시선은 끝도 없이 깊어지는 계단은 더듬고 저지르는 속수무책은 천진해 물러터진 수수방관은 어쩌겠어 이름이나 지울까 윤달이여, 그날이 그날이라 닳아빠진 해와 달을 지고 가야 한다면 그래서 언제가 되었나 묻는 거라면 눈썹처럼 가늘게 뜬 눈을 하고 불안한 손등을 뒤집으며 말하겠지, 되었지 되었고 더욱 될 거야

2부

언제까지나 왜요

후

표정 없이 이야기하다가 우리는, 하면 그게 누구일까 그러니까 그들은, 하면 그건 누구일까 누구에게 누가 물어야 할까요 거꾸로 써도 똑같은 글자는 이상해 들이쉬고 내쉬니까 다를 텐데 같으니까 비틀비틀 돌아오는 집은 이상해 오래 비우면 다른 것이 되는 걸까 어긋난 문짝 짙어진 얼룩과 무성한 곰팡이와 구석에 놓인 기린 목은 구부러지고 사라진 앵무새 깃털은 여기저기 화분을 깨며 기어나오는 화초 뿌리 사이 시든 잎사귀 사이 새로 올라오는 꽃대 사이 벌레들에게 돌아오는 가장 커다란 벌레라는 소리는 아니겠지 아닐 거야 설마는 잡고 늘어질 텐데 손이 아는 패턴 대신 벨을 누른다 공손히 노크하고 예의 바른 인사도 잊지 않아 넘쳐나는 신발을 바로 놓고 미심쩍은 머리칼들을 줍고 깊어진 먼지를 밟으며 녹슨 창을 열면 사이렌 소리가 낮게 스미는 대기 속으로 음식과 꽃과 쓰레기와 냄새 속으로 달아나는 소년소녀들 고양이들 사이로 숨을 삼키고 더욱 삼켜 한껏 가벼워진 눈송이들 사이로 하루 벌어 하루 살고 또 하루 더하려고 날아오르려고 뜨거워지는 나비들처럼 가능한 모든 손 같은 것이나 비비면서 찻물을 올리고 잔을 데운다 짙어진 실금을 감싸안는다 따뜻하다 숨을 쉰다 숨은 쉰다 이 집에 거울은 없던가, 내게 집이 있던가

모두의 훅,

구부러진 못을 보았다 두 동강 난 못을 보았다 못 천지였다 단단하지는 않았다 끄트머리는 부서지며 말라붙기 시작했다 검붉은 살점은 앞을 향해 젖은 흙냄새를 향해 눈먼 포도의 요철마다 주둥이를 처박고 최선을 다했겠지 최선 대신 비가 왔던가 왔겠지 천지의 천치라니 한 번 오므리고 한 번 펴고 먼지투성이 생을 끌고 승강이하는 축축한 통증마다 둥근 고리가 고리를 불렀겠지 고리의 끝을 꼬리라 부르던가 색종이를 잘라 붙여 둥글게 잇는 성탄 전야 장식처럼 이어지고 이어져 돌아온다는 건데 신성한 약속처럼 고요한 원만이라는 건데 느리게 쉬지 않고 향하는 모두는 어디를 향하는 걸까 모두의 모두는 모두에 있을 텐데 헝클어져 찾을 수 없는 이것의 모두는 어디쯤일까, 내가 부러진 못이 아니라 다행이다 환형동물이 아니라 다행이야 버스에 올라 가장자리를 찾아 앉으면 둥글고 희고 긴 팔목 위로 햇살이 기어간다 간지러워 이마에 팔을 올리면 쉽게 구부러지는 커다란 못이 부서지기 쉬운 아슬한 것이 익숙한 비린내가 어디선가 훅,

백치의 회복

어쩌지, 운명은 사소한 것들이 좌우한다 운명이 아니라 해도 고작 실수라 해도 다정해질까봐 무덤덤해진다 회복은 되돌아오는 능력이라던데 가능하겠니 어디에서 어디로 그게 언제라는 거니 덕분이라고 강해졌다고 두 번 다시, 라고 숨을 고르는 여윈 얼굴을 어쩌지 약해졌으면서 불가능해졌으면서 뭘 배운다는 거니 그늘에서 더욱 그늘로 가없는 곰팡이들 병인 듯 환인 듯 무심히 번지는 쪽이라는 거니, 어떻게 지내니 괜찮니 물으면 그냥이라고 그냥은 그냥이 아닐 텐데 그래도 묻는다 믿는다 언제까지나 왜요, 왜 알지도 못하면서 알고 싶지 않으면서 어쩐지 멀어 더욱 말라버린 마음은 어쩌지 꼭 감은 틈으로 스미는 오월 아침 순정한 빛을 향해 붉고 따스하고 바스락거리는 손을 흔들며 백지를 향해 시작을 향해 반복을 향해 희디희다고 그렇게나 백치라고 아침이 두 번 세 번 온다고

치마 검정 주름

끝나기도 전에 끝내겠지 시작도 안 한 줄은 모르겠지 그럴 줄 알았어 이런 식이지 다 닳아 잃었다니까 혼자 하는 것처럼 쓸쓸하겠지 겨울 외벽처럼 쉽게 식겠지 내부입니까 외부입니까 통로는 끝까지 닿지 않습니다 전부를 지워도 지나도 주름을 세던 처음은 잊지 않겠지 그 옷을 입을 때마다 미간에 주름을 지으며 진저리를 치겠지 잊자고 잊지 말자고 제발 다시 아니 다시는 고개를 흔들 때마다 주름마다 함께 흔들리겠지 저도 모르는 공명은 겹겹이 어지럽겠지 주름은 펴지지 않고 주름주름 할 때마다 말리는 혀는 시간이 지나도 잘려도 찢겨도 펴지지 않는 운명을 가졌을까 사라지는 아니 사라지지 않는 불가항력이 좋아 한번 뜨거운 그대로 영원까지 갑니다 가소성의 징글징글한 운명이라니 절정은 여기 지금 내가 있다는 증명, 세간의 당신과는 무관한 일입니다 보편적인 결말을 향해 상투적인 폐허를 향해 달려가는 온통 검은 착장은 불길한 착시를 불러옵니다만 세게 더욱 세게 끝장을 향하는 인과라니 빈틈없이 들어차는 근원의 어둠 속으로 순정한 검은 피가 휘몰아치도록 가능한 모든 밤이 끝나지 않습니다, 이 폐허를 견딜 수 있겠습니까

의자가 있다

저 의자,
작고 둥근 구멍마다 들어찬
어린 벌레들이 먹고 있는 자작나무 의자는
수다스러워 큰일이라도 난 것처럼 분주해
큰일이지 먹고사는 것도 먹고 먹히는 것도 큰일이다
표정은 지웠지만 위급은 지울 수가 없어
의자 등받이 옆으로 다리 아래로 온 천지의 사방으로
보이지도 않는 나뭇가지들이 나뭇잎들이
신음 대신 핏물 대신 향을 뚝뚝 흘린다 흘러넘친다
내 숨을 채우는 나무의 벌레의 살냄새,
나는 나무가 나무를 갉아먹는 벌레가 벌레 똥이
거의 다 된 것 같은 오후
고요하고 서늘한 나무 의자에 앉아
젖은 날개를 말리는 벌레들이 있다
드디어 의자가 된 의자가 있다

타임

소란스러운 부리와 더러운 날개와 잃어버린 단추 같은 눈동자를 오리라고 부르지 고기도 있고 깃털도 있고 물갈퀴도 있고 인형도 있고 걸음도 있고 비행도 있는 오리가 뒤뚱뒤뚱 살점을 추스르며 달아나면 모두들 그쪽을 향해 몸을 날리겠지 여봐 지금 시간이 없다 시간이 없어 그렇다면 꽥, 오리는 미안하다는 말을 못하지 입술도 부리도 없으니까 지치지 말라고 미치지 말라고 제발 치지 말라고도 못하지 그럼 뭘 할까 선착순을 외치는 매대 위에서 시식의 불판 위에서 희고 친절한 가슴살이 보기 좋게 익을 때까지 가장 먼저 온 것은 우리가 아닌가요 늙은 귀신처럼 돌아오는 허기에 홀리는 우리는 오리와 무관한가 오리가 우리가 되고 우리가 오리가 되도록 시간이 가고 시간이 오는 거라면 언제든 그것이 무한을 낳는 거라면 가능한 한 불가능이 되는 거라면 타임이 필요해 시간에게도 시간이 필요할 테니 기다려야지 타임이라니 세일이라니 일생이 다 가는 줄도 모르고 언제까지나 순서를 기다릴 테다

문진하는 오후

괴롭고 귀찮은가 먹고 싶지 않고 식욕이 없나 누가 도와준다 해도 울적한 기분을 떨쳐버릴 수 없을 것 같은가 상당히 우울한가 과거와 가족과 흡연과 음주와 운동에 대해 똑같은 질문들이라면 아니요, 아무도 아니요 깊이 들여다보면 욕지기가 나니까 섬뜩하니까 줄줄이 매달린 필름들마다 나이와 성별과 이름들마다 역류하는 시간들 빠르게 뛰는 심박들 희거나 검거나 단단하거나 연하거나 낯익은 타인들 바늘이나 탄환 같은 것을 삼키지 않고서야 식별이 가능할 리 없잖아 날카롭고 위태로운 것들 어디로든 파고들고 어떻게든 뚫고 들어가는 것들 이런 걸 품고 오래도 살고 있군요, 일하고 놀고 사랑하고 잃을 때마다 전신으로 번져가는 주름의 물결무늬, 무늬는 무늬와 이어집니다 무늬의 중심까지는 얼마나 먼가요 숨을 크게 들이마시고 내쉬고 긴장은 푸세요 힘주지 마세요 멀리에서부터 돌아오는 소리들 끊어졌다가 이어지는 장면들 탁자와 의자와 두 발들 피곤에 찌든 발가락들 잔뜩 오그라진 방향들 가장 깊은 방에 놓인 차갑고 푸른 의자에 앉겠습니다, 그러니까 단 한 번도 결정적이지 않은 순간은 없었어요

삼인칭 욕조

거기 무슨 선의가 있겠니 흔한 악습일 텐데 우물우물 쓰다듬을 거야 다음은 뭐겠니 무슨 일이 벌어지겠니 무슨 일이든 벌어질 거다 조금씩 더 할 거야 다정한 척이거든 순정한 척인 거야 갇힌 거다 너는 너를 속이게 된다 속아넘어가게 된다 이해하고 싶어서 설마 아니고 싶어서 욕에 빠지고 약에 빠지고 잠에 빠지고 악몽을 꾸겠지 깰 수가 없겠지 너의 잘못이 아니라고 해도 절대 잘못은 아니라고 해도 용서는 왜 해야 하죠 이상한 폭설이 몰려온다 고요한 멍과 병이 온다 나갈 수 없고 들어갈 수 없어 모두 있어도 아무도 없다 말도 안 되는 변명 그런 거 말고 또 뭐가 있겠니 뭐든 있겠지 마음은 없겠니 그런 건 없을 거야 상실은 채워지지 않는다 감각은 돌아오지 않는다 비밀은 끝나지 않는다 폐허는 사라지지 않는다 않는다 다만 실컷 더럽구나 더러워, 세상에서 지워질 때까지 세상이 지워질 때까지 더운 물을 좀 틀어주세요 그래야 끝나는 거야, 그렇게 끝날 거 같니

글자벌레들

글자벌레들, 정결한 생몰의 연대를 갉아먹는다고 쓴다

후문은 쓸쓸하다고 쓴다

입이 없는 자, 문도 없다고 쓴다

들리지 않는 음역 속에 너덜너덜한 입술을 곱게 벌리고 다정하게 자장면이라도 함께 먹을까요 노래라도 부를까요 자장면 말고 짜장면 싱어송 말고 씽어쏭 키스 말고 키쓰 섹스 말고 섹쓰 파쇼 말고 파쑈 이런 게 쇼일 리 없어 쑈라면 모를까

만나기 전부터 쓰기 시작하는 나의 당신과 당신의 나와 우리 사이 해는 수천 개 달도 수천 개 점점 더 세고 강한 소용돌이 글자들의 요란법석, 파고들고 스며들고 뒤섞였으니 병이었다고 쓴다 낫지 않는다고 뜨겁다가 차갑다고 유빙처럼 떠다닌다고, 추문이라고 쓴다

아무것도 쓰지 않으면 아무 일도 일어나지 않은 것 우리라니 모든 것이 아무것도 아니었다고 이 마음에 같은 일이 두 번은 없다고 오르페우스, 한번 닫힌 문은 영원히 열리지 않는다고 다시는 돌아보지 않는다고 입이 없는 일생이 간다고 쓴다

빈칸과 여백 사이 핏줄처럼 선명한 길이라고 쓴다

가볍고 긴 침묵이라고 쓴다

꽃피는 외딴

살아 있으니 사월이다 사월마다 사월이 온다 사월에는 사월이 흔하다 사월에는 죽음이 흔하다 손끝만 대도 꺼진다 무너진다 가짜였던 것처럼 기다렸던 것처럼, 당신은 사월에 태어나 사월에 사라졌지 나는 사월의 아이를 갖고 싶었지, 당신은 왜 사월마다 돌아와 간신히 돌아온 내게 돌아오라고 제발이라고 말하나 순전한 죄를 짓고 싶었나 가파른 울음이 되고 싶었나 우리를 그만 잊을 때도 되었는데 시린 손들이 매달리는 사월마다 사람이 무서워 사랑이 무거워 그렇게나 아름다워 이제 그만이라고 제발 그만하자고 소란 너머로 달아나는데 외딴 가지 밑에서 느릿해지는 두 눈은 감기고 가만해지는 팔다리는 간지러워 눈부신 꽃송이들 다닥다닥 달라붙는데 괜찮니 괜찮니 당신 음성이 가없이 보슬대는데

에뮤(Emu)

알아볼 때마다 확연해졌다 이름을 부를 때마다 살아났다 호주의 은하수 속 텅 빈 새는 빛 덩어리를 몰며 날아가는 검은 새는 아득히 낮은 곳에 사는 사람들의 눈 속에서 태어났다 보이지 않는 것을 보는 사람들이 있다 부재는 사라지지 않는다 사라지면 사라질수록 간절하여 영원을 뒤덮는 부재가 된다 이미 없는 사람이 들린다 보인다 만질 수도 있을 것 같다 다시는 사랑 같은 거 믿지 말자고, 그러나 꽃피는 병에 걸려 기어이 피어 말라죽는 꽃들의 무덤은 왜 이리 향기로운가, 세상에 없는 사람아 그냥 살자 이렇게 함께

망(望)

이런 밤이면 무슨 일인가 벌어지지
잃어버린 머리핀이며 진주 귀걸이 한 짝
목덜미의 연한 점까지 고스란해지는 밤이면
조개가 벌어지고 게들이 이동하고
환해서 몸속까지 들여다보이는 밤이면
해와 달과 우리가 일직선이 되어
순서대로 순순히 이어지고
사라진 것들이 기억을 따라
제자리로 돌아오겠지
털이 흰 개는 난산으로 터진 배를 하고
쏟아져내리는 제 창자를 물어뜯었다
숨겨둔 강아지를 찾느라 제정신이 아닌 채
이미 죽은 강아지를 찾아 삼킬 때
입속에서 어린 뼈가 부서지는 소리
무심히 눈 밟는 소리
흰 바닥을 가득 채우는
개의 어지러운 발자국은 붉고
모란 꽃무늬 이불 밑에 누울 때마다
입도 없이 우는 아이의 음성
어차피 미수에 그칠 운명
그날의 나쁜 꿈이 아름다워서
검푸른 밤이 끝나지 않는다
어쩌자고 그렇게 좋아했을까

겨우 남은 목숨을 다 걸 정도로

보통의 불우

궤맨 것처럼 입을 감춘 울음을 들을 때마다 정전 같은 한숨이 보일 때마다 얼굴을 가리고만 싶지 선하지도 악하지도 않은 보통의 이웃들마다 하류에서 하류로 떠밀려가도록 뒤섞여 휘몰아치도록 뾰족한 수가 없다고 거절당하고 대답을 듣지 못하고 불친절에 익숙해져 까닭 없이 서로의 뺨을 갈기다가 붉게 부은 뺨을 붉게 부은 손바닥으로 안고 돌아오는 밤이면 늦도록 책을 펼치는 습관, 느리게 기어가는 아주 작은 벌레들을 따라 점점 진해지는 불우한 냄새를 따라 온전한 하루를 다 바쳐도 내일을 장담할 수 없다니 팔고 쓸 수 있는 게 몸뚱어리 하나뿐이라니 아프지나 말자, 순정한 이 비극이 다 끝나도록

바닥에는 바닥이

바닥에는 바닥이 있지 바닥은 바닥에 있다 바닥을 쳐야 올라갈 수 있다고 했는데 이제 거의 바닥인 것도 같은데 서로의 바닥까지 다 보아버린 사람들 표정들 대사와 분위기들, 누가 누구를 무엇을 어디서 어떻게 왜 그토록 듣는 것은 무용하고 무의미한 일, 바닥은 바닥을 알아본다고 이 바닥의 일이 원래 그렇다고 이미 바닥인데 뭘 더 하겠냐고 하지만 새로 피는 꽃은 바닥에 뿌리는 더욱 바닥을 끝과 같이 시작은 언제나 그곳으로부터 그렇다면 바닥 또한 더욱 향한다는 건데 떠오르지 못하면 어때 아무도 모르면 어때 버티기만 하면 되는 거예요 어떻게든 믿기 위해 믿으려고 이러는 거예요

있습니까, 물론이라고

살아야 하니까 사는 거라고 어떻게든 살아만 있자고 무겁고 무섭고 길고 모르고 아니요 없으니까 공단 통근 버스는 드림투어 세계관광 우주관광 이렇게나 불가능한 친절이라니 갈 수 없는 길은 꿈을 꾸고 갈 수 있는 길은 버스를 타자 조금이라도 벗어나면 탈주라고 하겠지 잡으러 올지도 몰라 알아 그래 모른다니까 버스는 애써 돌지 너무 돌지 않도록 조심하면서 조금 젊고 약간 늙은 사람들이 졸며 서 있는 줄은 낮게 꼬리 치지 음이 소거된 화면 속 탯줄 같아 박동이 들리저 않지만 의심하지 않는다 놓치지 않는다 그러면 큰일이지 안 된다 한 바퀴 두 바퀴 시급한 꼬리 몇 개는 자르기도 하겠지 황망히 잘리기도 하겠지 그래도 꼬리는 자라기를 멈추지 않겠지 제외한 모두를 위해 열심을 다하겠지 눈 녹는 자리마다 고이는 빛마다 스미는 바람마다 질척한 시궁마다 쓰레기 더미를 들고 일어서는 새싹마다 없는 집에 자꾸 들어서는 아이마다 기를 쓰고 증명하겠지 정말이지 있습니까, 물론이라고 울기도 하겠지

애인과 아내

다르다는 틀리다와 다르다 애인과 아내는 다르다 애인이 아내가 되기도 하지만 아내가 애인이 되지는 않으니까 애인을 아내 대하듯 하면 안 되고 아내를 애인 대하듯 할 리 없고 애인에게는 애인의 자세가 있고 아내에게는 아내의 자리가 있다 각각의 애무도 체위도 다른데 그럼에도 다 원한다면 당신이 틀려먹은 거 맞다 언제든 어디든 맞을 수 있고 아내와 애인 모두 시퍼렇게 맞을 수 있지만 아내와 애인에 대해 고백하려는 건 아니다 그렇다고 말도 못하게 하는 건 틀린 거고 틀렸으니 맞아야지 맞으면 조금씩 잘 맞게 된다 이런 건 선악과 관련없이 슬픈 정서, 붉은 동그라미들의 시험지는 유서처럼 처절하고 유서는 시험지처럼 후회스럽고 백지는 어쩐지 가증스럽고 가설이 정설이 될 때까지 오답은 정답일 수 있다니까 애인도 아내도 가능한 결론에 열린 결말이라니까 진실도 아니고 대담도 아니고 마돈나도 아니고 외설도 아니면서, 이건 정말

독후(讀後)

무엇을 더 알려는 마음도 없다 병처럼 어지러워 눈감는 사이 우주가 멈춰버린 찰나 마지막 장이 덮인 걸까 벌레의 뒤를 따라 책을 읽으면 번져버린 작은 얼룩 말라비틀어진 대칭의 사체 나란한 다리들이 인과를 밝힐 단서라면 어디서부터 풀어야 할까 어쩌다 여기서 멈춘 걸까 정체를 들킨 장면처럼 놀라서 페이지를 닫은 걸까 수도원을 꿈꾸는 소녀처럼 핼쑥한 종소리에 주저앉아버린 걸까 글자들의 요철을 전신으로 더듬으며 이제 이것을 알게 되었으니 그만해도 되겠다 생사의 고리를 끊고 지척의 마지막을 불러온 걸까 혹시 이것이 나의 마지막 책이라면 가능한 한 작은 마침표를 위해 무릎을 끌어안아야 할까 그러나 이 페이지가 정말 끝이라면 제목이나 기억할 수 있을까 뭔지도 모를 책을 다 읽지도 못한 채 끝나다니 너무 궁금해 최선을 다해 종잇장을 지탱하려는 두 팔이 황급히 나란하게 되는 걸까

우리의 버릇

봄이야 희망들의 습관인 거고 죄송한 거야 우리의 버릇인 거고 30년 전통 국밥집 비결은 출렁이는 더운 핏물들 내장을 채워 끓여 부풀 때 숨구멍 뚫어주면 살아난다 싱싱하게 죽은 것들 서로 끌어안아 빈틈없이 차올라 숨을 수 없어 온 데도 잊고 간 데도 잊어 뚝배기 위 순대 몇 점 빈티지 브로치처럼 얹힐 때 잡내가 안 나요, 구취로 불어 삼키는 해장의 아침에 안타까운 소문을 전해드립니다 위급한 먼지들은 아무리 잠가도 스며들었는데 죄송합니다, 마지막 집세와 공과금입니다 정말 죄송합니다 침대 머리맡 번개탄 구멍들 아무리 많아도 숨쉴 수 없다 짝짝이 눈들마다 뜬 채 버텨도 끝까지 내일이 보이지 않는다 뭔가 비참한데, 원래 비참했으니 서른세 살 다 큰 작은딸 노트 속 습작 만화와 메모, TV는 일주일 동안 울고 웃고 미쳤다는데 송파구 석촌동 지하 1층 밀봉이 찢길 때 무너지는 냄새 상해가는 봄 사라지는 빈틈 둥근 광장 온 데가 한데라 숨을 틈이 없어 생도 잊고 비참도 잊고 닦아놓은 방바닥도 잊고 산 적 없는 식구들이 접어둔 유서 한 장, 목련꽃들 피다 말고 떨어지고 밟히고 꽃이었던 쓰레기들 비좁은 골목을 뒤덮고

미슐랭 가이드의 맛

파리에 백 년도 더 된 빵집이 있다 했지 반죽할 때마다 일부를 남겨 다음에 섞는다 했지 종가의 간장도 그렇다 했지 담글 때마다 백 년도 더 된 씨간장을 섞는다 했지 뱀차즈기라 했지 겁없이 얼음 바람 삼켜 쓰디쓴 맛, 때가 되면 입 벌린 뱀처럼 노란 꽃 피운다 했지

아이가 들어설 때마다 숨 떼어 넣는 일이겠지 그럴 때마다 백년 천년 만년 전 기억들 조금씩 섞이고 부풀어 새살 짓는 일이겠지 낮게 엎드린 통증을 딛고 말랑한 머리 밀어올리는 일이겠지 더 환하고 더 반짝이는 아이들의 아이들까지

얼어붙은 땅 위로 시들어가는 몸 위로 빵집과 장독대와 뱀차즈기 같은 것들 자리를 지키는 일이겠지 제 맛 끌어올리는 일이겠지 전신을 바닥에 바싹 붙이고 절대 아무데도 가지 않으며 조금씩 감쪽같이 남겨두며 대를 이어 자꾸자꾸 홀리는 일이겠지

쓰디쓴 맛에 침이 고여 마른 입맛이 돌아오듯 짠맛이 오래 묵어 달게 변하듯 변함없이 겉과 속이 일품인 허기, 눈이 시리고 무릎이 텅 비는 날이 온다 해도 오래전 그 맛이 은근히도 밀고 올라오니 눈뜰 때마다 붉은 해들이 무진한 미뢰처럼 솟아오르는 일이겠지

꽃이었던 폐허가 사랑이었던 지옥이 전부였던 부재가 자랑이었던 슬픔이

있다 있었다 변한다 무엇이 무엇을 무엇과 무엇을 알 수 없는 알고 싶지 않은 그런 일이라고 할 것도 없는 그런 것이라는 단언도 없는 어마한 결론이 원인을 삼키나 모르고 싶어 모르는 게 좋아 끝끝내 알 수 없는 불가사의들이 좋아 일말의 여지없는 물음표가 좋아 이름을 알고 싶지 알고 싶겠지 그것으로 시작하니까 그렇게 시작되니까 구분을 위한 특징이 필요하겠지 이름을 지어줄게 우리 피어보자 해보자 한번만 그다음은 쉽다 어쩐지 알 것 같은 사람들이 어쩌면 아는 듯한 표정으로 끄덕거린다 늘어진 채 흔들리는 대면이 이상해 되풀이되는 불감과 부전이라니 아니고 안 하고 못하고 안 되는 건데 수포처럼 부푸는 꽃망울들 까닭도 모르는 채 전부 잃고 잃은 줄도 모르는 채 잊고 있다면 너를 뭐라 부를까 뭐라고 불러줄까 아무도 부르러 오지 않는 놀이터에서 네네 대답하고 싶어 입술에 침을 바르는 아이 그럼요 그럴게요 들어올린 한 손을 내리지 않는 아이 미끄럼틀을 향해 혼자 중얼거리는 그런 아이는 되고 싶지 않았는데 아이가 될 수 없었던 아이가 없는 아이가 사라지는 이런 이야기를 싫어하는 아이가 끝까지 기어이 가보는 아이가 혼자서 그렇게 되어가는 아이가 문득 떠오르다 떠다니다니 어디에서 온 거니 이제 다 온 거니, 언젠가의 얼굴로 묻고 있는데

손목 위의 꽃

꽃을 새겼지 바늘 끝으로 번지는 핏물로 찍은 눈으로 볼 수 없는 너를 새겼지 그것이 그은 손목을 맞대고 하는 약속처럼 운명에 관한 거라고 말하면 웃겠지 내일은 소매 깊숙이 있고 자꾸 목이 마른 까닭을 너는 오해하고 번져가는 검붉은 꽃망울이 목덜미쯤이라면 다정했을까 모빌처럼 흔들리는 꽃이 꽃들이 아득히 어지러워도 몸안의 핏물을 밖에서 만나는 일은 이상하고 피가 끌어당기는 운명도 이상하고 퍼내도 고이는 마음이라면 무엇에 걸고 하는 약속이란 하염없이 비린 것, 달빛 아래 흐드러진 꽃송이마다 부러뜨린다 해도 확연이란 확연까지 증발하는 것 볼 수 없는 것을 보게 되었다면 볼 수 있던 것은 볼 수 없겠지 너무나 원한다면 그것만은 절대 가질 수 없을 거야, 꽃이 피어 꽃이 지듯 우리는

쓰다듬는다

가장 사랑했던 이의 얼굴로 다시 태어난다니 얼마나 사랑했던 걸까, 나를

3부
긍정은 찢어진 날개를 떨게 하고

나무 너무나 나의 나무

여기 나무가 있었다 세상의 나무가 아닌 단 한 그루의 나무, 늦은 밤 나의 휘파람과 한숨과 혼잣말을 들었던 커다란 그 나무는 지금 없다 없지만 있다 알고 있으니까 잊지 않았으니까 아직 있다 있을까

나무로 태어나 나무로 살다가 나무로 사라진 나무는 언제나 자라 더욱 열리다가 스스로의 인과가 되었을 텐데 지금 있는 나무들도 언젠가 아니겠지 지금 없는 나무는 언제든 아니겠지 그래서 무섭다 무서워 나무 대신 나의 뺨을 쓰다듬는다 하릴없는 짓이지만

나는 차갑고 나무는 차갑지 않고 나는 소란스럽고 나무는 소란스럽지 않고 나는 있고 나의 나무는 없는데 우리 위로 일렁이던 빛들은 어디로 사라졌을까 빛이 없으면 빛에 없을까

빛은 나무의 일로 울지 않는다 나무가 나무의 일로 울지 않는 것처럼 그러나 나무가 울지 않는다는 것을 누가 알까 한 나무의 위급은 곁의 나무들이 안다고 했다 절명의 공포로 함께 떤다고 했다 그날 이 광장은 어땠을까 푸른 잎사귀마다 몹시 어지러웠겠지 숨이 막혔겠지

한 번도 나무가 아니었던 적이 없던 나무를 한 번도 그랬

던 적이 없는 내가 생각한다 나무 너무나 나의 나무라고 자꾸 말하다보면 아래가 텅 비어 뿌리 잘린 그 나무의 기분이 되는데 이것은 나의 것인가 잊지 않을 거라고 가능한 한이라고 그러면 그 나무는 지금 나의 안인가, 아닌가

오월과 유월의 심장

오월이 왔지, 포로 로마노에 한 손으로는 젤라또를 먹으며 다른 손으로는 너의 심장을 끌어안으며 사라지는 것들 앞에 살아 있는 일은 좋았지 아름다웠지 폐허 위로 쌍무지개 찬란히 둥근 저것이 허공이라니 반사와 굴절이라니 보이는 것이 전부가 아니라니 여행자들은 즐거워졌지 심장에 손을 얹고 네가 맹세한다, 이게 뛰는 한 너를 사랑해 심장에 대고 하는 맹세라니 늙은 도시와 어울리는구나 깨진 바닥과 무너진 신전과 어울리는구나 오래된 심장도 뛰었지 거기에 있었다고 알고 있느냐고 버둥거렸지, 그래 살아 있구나 사랑하고 있구나

괜찮은 거니 짐을 두고 간 여행이 마음에 드니 언젠가 모르는 사람이 좋아질지도 몰라 다정하게 굴 수도 있을 것 같다 너의 취향을 빼박은 사람과 사랑에 빠질 수도 있어 남겨둔 심장의 일이겠지 남은 심장의 일이겠다 심장을 두고 간 너는 잊겠지 심장이라는 말만 들어도 붉다 덥다 너는 느리고 검고 고요해 죽음 같다 죽음이지 자꾸 잊는다 잊고 싶다 살고 싶다 깨어 있다 잠을 자면 살겠지 그럴 수가 없어 자고 싶지 않다 불편해 불편한 게 좋다 행복해지고 싶지 않아

너에 대해 생각할 때면 심장이 제멋대로 뛴다 심장이 이상해서 나는 이상하다 심장의 심정을 알고 싶지 않아 알면 괴로워지겠지 괴로워서 사랑하고 싶겠지 사랑을 생각하면

너를 생각하면 까닭도 없이 행복해져서 심장이 빠르게 뛰겠지 유월이 오기도 전에 끝날 수도 있겠지 시월은 꿈도 꿀 수 없겠지 세상에 날 때 품고 오는 숨이 있어서 소진하면 끝이라면서 여분은 없다면서, 지금 어디 있니 궁금해 알고 싶어 심장이 뛴다 간다 빠르게 가까워진다, 어서 손을 잡아줘

검정은 검정을

당신이 어떤 옷을 입고 나올지 알 것 같다고 생각하는 내가 무슨 옷을 입고 나갈지 당신도 알 것 같다면 서로의 결국을 아는 것 아닌가 취향이 선택이 내일이 그러니까 모든 것이 모든 것과 이어져 바듯한 운명이 되는 것 아닌가 그래도 기어이 이 옷을 입겠다

아침마다 입술 옆에 콧등에 눈 밑에 위치를 바꿔가며 검은 점을 찍는 여자아이를 안다 다른 운명이 되는지 시험해보려는 건데 잘 모르겠다고 어느 날은 웃다가 어느 날은 비웃다가 어느 날부터 보이지 않았는데 운명이야 운명의 것이니 우리가 모르는 게 맞는 것 같은데 오늘은 어떤 운명을 살고 있니

검은 옷을 입은 사람이 검은 옷을 사겠지 저도 모르고 까닭도 없는 매혹은 치명일 텐데 검정마다 들여다본다 들추어본다 절지동물의 빛나는 검정과 비 맞는 나무의 비린 검정과 변명하는 입술의 역한 검정과 깊은 물의 까마득한 검정과 사라지는 숨의 무감한 검정 같은 것을 죄다 지나도록 검은 것 위에 검은 것이 겹쳐 더욱 검은 것이 되도록 검정은 검정을 멈출 수가 없어서

대신의 신

소의 볼살을 씹다가 볼살을 씹으면 무슨 살인지 모르겠다 따뜻했겠지 순했겠지 더욱 아팠겠지 그냥 태어나 죽으러 가거나 그냥 태어나 씹고 있는 순간의 우연의 수라니 소라니 시라니 아니다 그저 배가 고프거나 부르다는 감각만 살아 혀도 씹고 귀도 씹고 부모도 나라도 씹으면서 쫄깃하다고 퍼석거린다고 그것이 있다고 없다고 전지적인 신이 된 듯하지만 실은 대신 살았다 소 대신 개 대신 고양이 대신 히아신스 대신 모시조개 대신 연신 바라고 기대고 매달려 모월 모시 그 맛을 아니 난생처음의 맛을 아니 혀를 박고 입을 박고 숨을 박고 버티는 기생이라니 내장은 길어 세상을 다 돌고도 남겠네 벌레들의 끼니가 될 때까지 씹기를 멈출 수 없겠지 부끄러워 접시 물에 코를 박아버릴까 아니 뭐라도 써야지 쓰자 쓰고 싶어 어떻게든 다른 사람이 되고 싶어 그러나 이것이 어지러운 수식의 일부라면 거대 공정의 일부라면 어쩌지 우리는 우리의 일부 나는 나의 일부 일부는 일부의 일부, 될 일이 되고 안 될 일이 안 된다면 물컹한 이 덩어리는 그만 뱉고 싶은데

잎에 대해서는 입에 대해서는

간절한 것들의 순서였지 물기 없는 것들의 순서였어 가능한 모든 것이라고 혀를 내밀어 잎을 핥아도 쉴새없는 부재뿐이라니 잎은 입에 대해 알고 싶지 않겠지 입이 되고 싶지도 않겠지 나는 잎에 대해서는 잘 모르지만 입에 대해서는 알고 있어서 위태로이 흔들릴 때마다 까닭 없이 놀라는 아이 가슴에 작은 베개를 얹어주듯 마른 입술을 얹어주었지 그럴 때마다 다시 물 흐르는 소리가 났지 텅 비어 가득한 일이라니 거기 갇혀 닮아가며 닳아가며 달아나는 숨결들의 일이겠지 안 보이는 사람은 잘 보일 거야 모든 것을 보고 있겠지 식어버린 눈으로 미지근한 눈물로 바라보겠지 확실치 않은 빛덩어리들 환한 것들 유빙처럼 아름답고 불안하겠지 손을 내밀어 바라겠지 더듬더듬 짐작하겠지 잡아줄 수 있겠니 기억할 수 있겠니 고스란히 그려볼 수도 있어 잊지 않으니 이어져 있으니 너는 있다 있어 괜찮지 언제고 괜찮아야 한다 끝이 없으면 어쩌지 악몽은 너 때문이 아니야 숨이 자꾸 따라간다 나보다 먼저 간다 어지러워 무거워 어디쯤이니

지금의 당연

잘 알고 있다는 것은 알아 전혀 모르겠다니 그건 모르겠다 사랑하는 걸 사랑하고 미워하는 건 미워해 좋은 게 좋은 거지 싫은 건 싫다 예쁜 게 예쁘고 웃긴 게 웃기고 아픈 건 아프지 슬픈 게 슬프고 재미있는 게 재미있어 모든 면에서 그렇지만 어느 면으로 더욱 그래 죽은 듯 자는구나 아니 죽은 사람을 본 적 없어 어린 짐승처럼 순해 보여 아니 짐승을 키운 적 없다 가슴에 눈을 묻으면 부드럽다 귀를 대면 어지러워 살아야 아름다운 건데 너는 그걸 모르고 나는 알 것 같지만 고백은 하지 않는다 너무 가난해서 사랑이 없다고 아니 사랑이 없어서 가난하다고 그러나 사랑으로부터 자꾸 달아나면서 사랑이 사랑을 어쩔 수 없듯이 너도 너를 어쩔 수가 없으니까 봄날의 너를 알기에 겨울의 너를 알아보았다 웃는 너를 알기에 우는 너를 알아보았다 멀리서도 한눈에 알 수 있었지 뒤섞인 음성 속에서도 너의 것만 확연했지 귀신이거나 세상이 아니거나 지금은 아니니까 안을 수 있을 때 한 번만 더 안아봐야지 서두르자 너무 좋아 가짜 같겠지 영원해 과거 같겠지 포옹이 깨지기 전에 폐허가 무너지기 전에 울면서 울고 싶고 죽어가며 죽고 싶다니 잊지 말자던 고백은 잊자 결심을 위한 결심을 하자, 부디 나의 용서를 용서해

우리는 탈각,

바닷가재처럼 우리는 탈각,
가장 취약해져야 닿을 수 있다
너는 무엇이 좋아
그런 걸 물어본다면 좋아하는 거야
구름이 구름을 낳는다
꽃잎이 꽃잎을 낳는다
여름 마른 모래처럼 덮어줘
네가 잘 보이지 않아서
마음을 몸을 자꾸 구부린다
아주 작아지고 싶어
너의 안으로 들어가고 싶어
우리가 알아야 할 운명이 있을까
푸른 벽의 이니셜과 하트들
장난스러운 고백의 낙서들
아이들의 웃음소리는 점점 작게
이렇게 다음 숨이 끝이었으면

소란

그랬구나, 그랬겠지 다정한 후렴구를 따라 양손의 노을과 양어깨의 샛별을 따라 오른팔과 왼팔이 만들어내는 따스한 동그라미를 따라 겨울 강은 얼었던 만큼 녹으며 잊은 것들을 불러오고 노래가 마르기도 전에 다른 사랑에 빠지던 네가 궁금하지만 지금은 아닐 것 같지만 오늘일 수도 있으니까 영원히 알 수 없는 일도 있어야 하니까 꽃마다 열매는 아니고 바람마다 내일은 아니니까 계절도 없이 되풀이되는 이 사랑이 불운이라 해도 좋겠어, 너를 앓고 잃고 앓다니 안 되겠다 고단해 슬프지도 않은 밤이 길거나 짧거나 그냥 안고 있자 그러니까 이상해 나쁘고 좋지 최선을 다하지는 말아야지 제발, 숨이 뛰고 돈다 소란스러워 꿈이 다 깨겠어

두음의 감정

한 번도 안겨본 적 없는 사람처럼 두 팔에 힘을 주어 파고들면서 내가 이렇게 다정하게 굴지는 않았잖아, 이거 꿈이잖아 울면서 팔을 풀지는 못하면서 뺨이 다 젖으면서 어깨까지 흔들면서 흐느끼는데 그녀는 말한다 나지오 좀 켜지 나지오, 라디오라니까

두음에 집착하다니 어쩌자고 성질인가 얼굴이 붉어진 채 팔을 풀지도 못하면서 하나의 심장이 두 개의 심장을 안고 보면서 서라운드 입체 음향이 떨며 울리는데 아무리 안아도 살점이 없는 그녀가 채널을 돌려도 찾을 수 없는 그녀가 절룩절룩 직접 켜러 가는 그 나지오가 심야의 라디오가 되기까지

무엇을 빼면 내가 남을까 무엇을 빼면 그녀가 남을까 원근이 사라져 비현실적인 장면처럼 그녀는 이미 아닌 사람, 없어서 노력도 못하는 사람

똑같은 뚜껑을 쓰고 앉은 본차이나를 열 때마다 똑같은 여인들이 순서대로 들어 있어서 한 뚜껑이 열릴 때마다 엄마, 엄마 황급히 뚜껑을 떨어뜨리며 돌아보다니 자꾸 젖이 부풀다니 우는 아이만 보면 물리고 싶어지다니

금테를 두른 골회 자기 속에서 둥글고 투명한 무릎뼈가 보

인다 언젠가 단단했을 둥근 뼈 음악에 맞추어 오른발 심박에 맞추어 왼발 둥글게 원 투 햇살도 먼지도 반짝반짝, 아무쪼록 이러한 감정이 필요합니다

좋은 춤

매혹을 따라 헤엄칠 거야 헤엄치면 지느러미가 생길 거야 달리면 다리가 생길 거야 노래하면 음성이 생길 거야 치마가 부풀어오르잖아 강해졌고 분명해졌지 멀리 갈 거고 돌아보지 않지 행복해도 미안하지는 않아

간절히 부르지 쳐다보라고 애원하지 손을 잡아끌지 그래도 바라보지 않을 거야 먼지 같으니까 떠올리지도 않을 거야 지나갔으니까 없으니까 아니니까

춤을 출 거야 둥글고 커다랗고 좋은 춤, 나의 사자가 사슴과 고양이가 생쥐와 종달새가 크고 작은 벌레들이 기어나올 거야 얼굴 속에 얼굴을 내밀고 음성 속의 음성을 내면서 발과 발이 날개와 날개가 뒤섞이면서 커다란 춤이 될 거야 조금씩 빨라질 거야 아무도 따라 할 수 없어 멈추게 할 수 없어 점점 빨라 그림자도 없어 투명할 거야

빨아들일 거야 중심이 될 거야 궤도가 될 거야 괄호 안으로 괄호 밖으로 새로운 질문들이 떨어진다 해도 답은 변하지 않을 거야 달라졌으니까 다른 사람이 되었으니까 아가들 소녀들 언니들 아가씨들 엄마 이모 고모 할머니들 이름 없이도 아이를 낳고 어르고 기르고 밥을 짓고 걸레를 빨고 계절마다 햇살을 썰어 말리는 그 자리를 둥글게 둥글게 돌 거야

함께 부풀어 차오르고 넘치고 젖고 다시 마르도록 우리가 누군지 잊지 않을 거야 떠도는 바람은 떠돌게 하고 깨진 바람은 깨지게 하고 다음 스텝을 멈추지 않을 거야 밟는 곳마다 빛이 날 거야 가는 곳마다 빛이 될 거야 사랑하니까 그렇게나 사랑이니까

한번 모자

한번 모자를 쓰니 처음 모자를 썼던 나이가 되고 그날의 기분과 분위기가 되고 자꾸 모자를 쓰면 언제나 모자를 쓰게 되고 모자만 보여 모자만 보다가 모자만 사게 되고 한번 모자가 영원한 모자가 되는 까닭은 그것이 감싸안는 따스한 가소성을 따라 눈과 코와 귀와 머리카락까지 둥근 모자가 되면서 언제 어디서나 모자라는 모자라니 모자가 아니면 아무것도 쓸 수 없다니 샤워를 끝내고 나온 거울 위에도 그 모자라니 언제부터였니, 언제부터였을까 모자를 약간 위로 올려 쓰면서 모자라는 질문마다 모자를 고쳐 쓰면서 모자가 아닌 것은 절대 쓰지 않으면서 오늘의 모자를 쓸 때마다 만들어지는 두 팔과 모자의 동그라미들이라니 변함없이 그날의 축축한 모자를 쓰면서 그는 말한다, 그럼 다음에 또

시간선

비밀이야, 말할 때마다 백치들은 자라 참느라 단단해지면서 서둘러 먼저 일어나면서 뒤돌아보면서 후회하면서 털어놓지는 못하면서 더는 지킬 비밀이 없는데 손톱은 나달나달해 증상들이 되살아나 어쩌나 전혀 다른 사람으로 변해갈 텐데 약속은 사라졌으니 작게 더 작게 희미해질 텐데, 이거 비밀이야

불안한 생기들이 떠다니는 정오는 어지러워라 턱 괸 채 독(毒)을 향해 귀 여는 짓들, 다시는 예전처럼 걸을 수 없겠지 독은 독과 섞여 더 독해지고 독은 독 속에서 새로 태어나고 숨을 들이쉬고 내쉬고 웃음으로 울며 묻는다, 나를 사랑하나요? 그러지는 않을 거야

32병동 유성이는 어떻게 엄마, 라는 말을 했을까 입천장이 뚫려 있으면서 윗잇몸이 갈라져 있으면서 생후 3일에 베이비박스로 들어왔으면서 흘리지 않고 젖병 빠는 법을 알아냈을까 수술을 기다리면서 모금을 기다리면서 우렁차게 울고 소리내어 웃고 있을까 그게 일생인 줄도 모르면서 엄마도 없으면서

시선에서 가만히 옮겨주고 싶은 흰 니트 원피스 여자, 사내가 간 쪽으로 열린 손바닥 위로 미지근한 햇살만 내려앉는데 지금 그렇게 매달려 있는 건 스스로의 가파름 때문이

라는 걸 어느만큼 멀어져야 알 수 있겠지 모든 진위들처럼, 짧은 해가 지는 동안 새로 헤어지는 동안

열이 내리지 않아 흙가루들이 떠다녀 이른봄 심장을 가르던 신음 소리 의수 같던 손을 잡고 가시덩굴 지날 때 기억마다 핏물 돌았지 꽃에 대해서만 생각했지 목련 국화같이 흔한 꽃나무들 구멍마다 붉은빛이 스몄지 그 빛은 어디서 오는 걸까, 허공으로 꽃술 같은 속눈썹 가만히 떨려올 때 툭툭 떨어지는 흰나비들, 온 세상이 흰나비 무덤 같아

엄마라고 불렀다가 언니라고 불렀다가 두들겨맞는 다리 사이로 미쳤구나 잊지 않은 성호를 그어대는 더러운 손들 똑같은 분노 똑같은 용서 똑같은 망각 속고 또 속는 패턴들 흔해빠진 잡종들 잘못했어요 용서해주세요 창궐하는 바이러스들 벨을 누를 때마다 신음이 터져나온다 어쩌면 이토록 명랑할까 벨을 누를 때마다 웃음이 터져나온다

늙은 음순에 머리를 처박고 명사는 신났다 전지전능하다는 듯 그녀의 죄를 사한다는 듯 팔다리를 흔들며 환호한다 궁극의 진실이 여기에 있다는 듯 놀라운 영감이 여기에 있다는 듯 영혼의 반쪽을 찾았다는 듯 버릴 수 없는 역사와 전통이라는 듯, 갈고닦은 그녀의 숨겨진 이도 모르면서 점점 세게 더 세게 물고 있는 줄도 모르면서 이제 곧 끝장날 줄

도 모르면서

흰 새는 투명한 유리창으로 혹등고래는 푸른 해안으로 꽃사슴은 깜깜한 도로로 산 것과 죽은 것들 동시에 남은 것과 사라진 것 한곳에 시월 어느 하루 속수무책의 봄꽃 무더기 그러면 안 되는데 하염없이 그럴 수는 없을 텐데 둥글게 입술도 없이 따스한 휘파람 눈빛도 없이 깊어가는 심정 까닭도 없이 커져가는 울음 갈 데도 없이 돌아가는

백지처럼 펼쳐지는 시간들이 무서운데 백치처럼 펼쳐지는 시간이라고 썼다 백지를 백치로 만들어버린 모니터 위의 하루살이 한 마리 하루씩만 살게 될 거야 상징처럼 예언처럼 온몸으로 만든 문턱에 날개를 얌전히 붙이고 앉은, 입도 없는 일생이 따뜻하다니

파주

파주 가서 보았지
쇠로 만든 담장에 달라붙은 달팽이들
몰려가고 있었지 신탁이라도 받은 것처럼
한 방향만 향했지 느리지만 멈추지 않았지
시작하는 초록 같은 건 안중에도 없었지
수직을 수평이라 믿어 의심치 않다니
앞은 앞이었다가 뒤였다가 위였다가 아래였다가
분투하는 땀방울들만 어지러웠지 아무도 모르게
녹슬어 사라질 징조 같았지
그래도 멈출 수 없는 저 지향은 무엇일까
선두에 선 눈먼 달팽이, 담지자처럼 고독해 보였지
담 너머로 더듬이를 내밀었지 고요히 가만가만 더듬었지
그 몸짓 알아듣기라도 한 것처럼 삼삼오오 눈먼 달팽이들
부서진 집과 뚫린 내장을 달고 위태로운 쪽으로
저마다의 몸을 밀어붙였지
길고 아득한 계단을 찾았을까
단 하나뿐이라고 전부를 걸었을까
물기는 마르기 시작했지
영영 날아가 사라졌지
약속이나 한 것처럼 지상으로 떨어졌지
온몸으로 난생처음 파열되는 음을 만들었지,
두 번 다시 울지 않았지
해는 높아갔지 나뭇가지 뚫고 새잎 무성해졌지

여름 매미들 첫울음을 찢었지
온 데 사방 찰방이는 물결 너머
기약 없던 푸른 돛배 나타났지
언젠가를 기다리던 달팽이들
눈이 멀어 목소리를 내주었지
목소리를 내주어서 다리를 얻지 못했지
다만 있는 입을 벌린 채 물거품이 되었지
거품 속에 갇혀버렸지

두 손을 비비며 하는 인사

계단으로 걸어내려올 때마다 알게 된다 세상에 밥그릇들이 얼마나 많은지 빈 그릇에 몰리는 파리들이 얼마나 많은지 똑같이 생긴 것들이 저마다의 안간힘으로 어떻게 애쓰는지 누구나 제 밥그릇은 갖고 난다지만 채울 방도는 알지 못해서 창을 닦는 저 사내는 허공을 향해 경비원은 출입구를 향해 주방 이모는 더러운 행주를 새로운 파출부는 걸레를 비비고 비빕니다 오늘의 밥그릇을 채우기 위해 살기 위해 살아남기 위해 무엇이든 합니다 팔고 빌고 팔기 위해 빌면서 두 팔을 두 손을 온 생을 내어주느라 텅 비어 가벼워 언젠가 날 수도 있겠어요 살아 있는 모든 것들에게 영광을, 천만에, 구더기만 까마득히 쏟아집니다 아름답지는 않지만 그렇게 나쁘지도 않아요 사라지는 방식과 흔적을 지우는 방법이 오늘도 내일도 막연하지만 다 잘될 거라고 마침내 좋은 날이 올 거라고 긍정은 찢어진 날개를 떨게 하고 기원은 사지를 휘어지게 하는 징글징글한 이 춘궁, 남은 손들을 다 쓰기도 전에 부끄러워하기도 전에 허기는 다시 또 찾아오고

처음의 처음

처음이 처음에 오지 않을 수도 있으니까 글썽이는 결말이 먼저 시작이 그다음일 수도 있으니까 식구들 먼저 잠에 빠지는 거다 다음에 다음이 없는 걸 알았다면 잠들고 싶지 않았겠지 묻지도 않고 대답도 없으니 거짓말처럼 황홀해진다 조용해진다 두려워진다 그러고 있으니 꼭 죽은 것 같잖아 기분이 이상하잖아 나란히 누운 가문의 긴 끝이 끝났다 풍성하게 살이 오른 구더기들이 못다 챙긴 밥알처럼 익어가고 냄새는 겹겹이 눌어붙은 벽지 틈을 파고들고 시멘트 알갱이들마다 달라붙는다 충분히 안아주지 못한 사랑처럼 결코 사라지지 않을 악취 이건 악몽일 거야 일어나야지, 이미 일어난 걸까 풀어진 실밥처럼 뜨문뜨문 흩어진 방향을 따라 더듬는 안녕을 따라 떨어지는 추문을 따라 찾아 나선 그곳이 이곳이라니 시간이 사라지고 공기가 달라지고 놀라 번쩍 눈뜨고 헤맬 필요도 없이 바로 곁이었다니

0000

고급을 위해 저급이 필요하다면 저급을 위해 시급이 필요하고 시급을 위한 커다란 시계도 필요하겠지 시침은 가능한 한 느리게 돌아가지만 돌아서 갈 수는 없겠지 좋아지지 않을 테니 그런 시절은 없었으니 미소 짓는 척 입술은 부드럽고 자연스럽게 두 손은 복종의 자세로 좀더 빠르게 그러나 허락 없이는 아무것도 안 되겠지 눈물도 한숨도 주의가 필요해 보이지 않게 되기까지 많은 시간이 필요한 것은 아니다 최선과 최고를 바친다 해도 오늘 치 시급에 시급한 일생을 건다 해도 살아서는 빠져나갈 수 없는 회로를 도는 자들의 평등이라 한 시간에 얼마, 차이가 있어도 거기서 거기 끝이 좋을 거라는 거짓말이나 다 잘될 거라는 속임수까지 쓸 수 있는 수는 다 써버렸으니 없는 미래라 끝낼 수도 없으니 나타나도 사라져도 관심 없으니 언제고 더 많은 누군가가 덕지덕지 달려올 테니 불타는 줄에 매달린 오늘이 떨며 목을 조르는 빛나는 감옥의 나라, 꿈이라는 사치는 버리고 더 늙을 수 없는 사람들이 다친 곳을 자꾸 다친다 더는 다칠 곳이 없을 때까지

습관적인 금요일

전단지들은 희고 검고 붉다 뿌려지는 여인들은 먹음직스럽고 닭다리들은 노릇노릇하고 호스트들은 간질간질하고 가로수에 걸린 물방울무늬 넥타이는 선물 끝의 리본처럼 사랑스러워 아침에 일생을 걸어도 퇴근길이면 사라진다니 이제 어떻게 되겠습니까, 금요일 밤이라니까 빈방이 없다니까 성탄 전야처럼 방마다 빠르게 돌아가는데 애인은 하지도 못하면서 그만하라니까 열린 창 너머 넥타이로 만드는 동그라미에 머리를 들이밀고 웃는지 우는지 축 늘어지는 허공 속으로 은밀한 방은 죽어가는 방은 시트를 갈기도 전에 빈방 있습니다만, 돌아가기 싫은 사람들 편의점 파라솔 밑에서 고해하듯 고개 숙이고 뿜어대는 흰 연기는 흰 다리는 흰 목은 흰 손목은 무더기로 쏟아지는 면목들은 사방 어지러운 미러볼 아래 이긴 자들만 살아남는 쇼라니 사거리 초대형 화면을 향해 분신하는 어린 승려와 폭탄을 숨긴 아름다운 숙녀들과 실패가 예정된 혁명과 속수무책의 전쟁들과 뜨거워라 달아오르고 날아오르는 파란만장의 금요일 그리고 밤은

겨울밤의 이름

검은 얼음의 심장
무거운 내복의 피부
장갑 너머의 손바닥
품을 파고드는 냉기
웃음을 지운 얼굴
생일을 저주하는 울음
없는 것만 못한 희망
그마저 없는 사람들
지붕 위 폭설의 하중
소금을 뿌리는 트럭 바퀴들
얼어죽은 짐승의 그림자
얼어붙어 불가능한 세계
모든 것에 익숙하게 되겠지
모든 것을 잊어버리게 되겠지
어딘가 두었던 인형은
짙은 화장의 광대는
아주 깊이 숨겠지
새벽이 오기 전에
신이 주신 알약을 먹고
괜찮다 괜찮다 괜찮다
밤의 강처럼 잠들 차례,
입술에 달라붙은 이름 대신
후무스 코코뱅 뚝바

타진 뷀차 참파팍
이국의 음식들을 천천히 외우면
차가운 발들이 다시 돌아오고

푸른 것, 흰 벽

푸른 것을 바라보다가 흰 벽을 보면 다른 것이 보인다. 푸르지 않은 것이 그것만은 절대 아닌 것이 너무 오래되었다고 가득하다고 차고 넘친다고

흔한 사랑에 비슷한 고백에 누군가 들던 수저로 허기를 채우며 누군가 앓던 병을 앓겠지 매일매일 더 하겠지 습관처럼 가속처럼 피치 못하겠지

손을 핥던 아침의 개는 다정한 혀를 빼물고 굳어가고 꼬리로 둥근 물음표를 그리며 차갑게 변해가고 흰 벽처럼 꼼짝도 않는다

사랑마다 이처럼 끝나겠지 인사도 없이 희미해지겠지 그래도 허수 같은 일이라니 그냥 하던 기도를 마치고 닮은 꿈이나 꿔야겠지

있는 사람들 너머로 없는 사람들이 보인다 개가 짖는다 아무렇지도 않다는 듯 누군가 웃는다 눈이 내린다 가장자리가 없는 빛이 겹친다

산책할까요

모습은 아니고 음성은 아니고 이름은 아니고 느낌 같은 것, 소란스럽거나 그렇지 않던 사람들이 공동의 묘지를 나란히 걸을 때면 이 묘지 위로 또다른 묘지 위로 이 도시 위로 또다른 도시 위로 이 세상 위로 또다른 세상이 몸 위의 몸처럼 흙 위의 흙처럼 기댄 채 지탱하며 이어질 거라는 생각, 나무들이 십자가처럼 빛날 때 십자가는 나무처럼 무성하고 푸른 이끼들의 가장자리가 선명해질수록 푸른 돌의 윤곽은 희미해지는데 빛을 향해 투명해지는 두 손이라니 이 살과 뼈와 피는 어디에서 온 것일까 밀려들어오는 이 시간의 시작은 언제일까, 한 손에는 죽어가는 꽃을 들고 이미 없는 사람을 품은 채 서로를 태연히 통과하며 죽은 것처럼 쓸쓸해 나를 따라오는 당신도 나무들 사이로 묘석 사이로 누운 십자가 사이로 겨울 입김 사이로 절반은 양지 절반은 음지 사랑하거나 그러지 않던 사람들 누구 하나 기적 없는 예외 속을 아니 예외 없는 기적 속을 그저 걸어가는

내일의 메뉴

어서 와 저녁 먹자 할 때마다 죽은 엄마가 수저를 쥐여주니 식기 전에 빨리 먹자 함께 모여 잘 먹겠습니다, 먹자, 먹자, 하다보면 문득 먹자가 이상해져서 이상하게 먹기 위해 먹이기 위해 먹히는 관계라니 무성한 각주가 접시 아래로 깔리고 모음과 자음의 향신료와 소란스러운 물음표들이 만들어내는 끝내주는 맛을 위해 이대로 끝낼 것처럼 이미 끝난 것처럼 요란하게 웃는 겁니다 그러니까 함께 웃는 우리는 한솥밥을 먹는 사람, 밥솥처럼 속이 텅 빈 당신을 사랑해, 사랑해 하다보면 사랑도 조금씩 이상해져서 이상한 밥 한 그릇을 위해 늙어버린 서로를 빈 밥그릇처럼 들어 증명하면서 바짝 마른 팔다리들은 분주하고 엉성해진 머리는 냉정하면서 달라붙은 밥풀을 떼어 먹으면서 말하는 겁니다, 내일은 뭘 먹지

먹어도 다시 배가 고픈 것은 밥그릇 위에 올라앉은 사자(死者)들 탓입니다 재를 뿌린 이판사판의 그릇 속으로 짜릿한 탄산이 다시 튀어오르도록 흔들어주세요, 한끼를 위해 흔들고 다음 한끼를 위해 또 흔드니 부글부글 끓어오르는 그릇이 놓인 붉은 식탁보, 붉은 앞치마, 붉은 눈동자, 붉은 혀, 붉은 목구멍, 붉은 장기들을 지나는 붉은 불길은 어제도 오늘도 뜨거워 날마다 지옥의 연대기를 써대는 중인데 첫술의 저주는 끝날 때까지 끝나지 않는 것이어서 절대 안 깨지는 그릇을 절대 못 깨면서 죽기 살기로 채우고 비워내면서 어

떻게든 살자, 살자 하려니 살자가 이상해지고 차라리 죽자, 죽자 하려니 죽자가 이상해지는데도 디저트를 핥으며 고민하는 겁니다, 내일은 뭘 먹지

별이 빛나는 밤

색종이의 별 모양 파낸다 무늬 안의 무늬와 무늬 밖의 무늬 속에

창으로 불 들어오는 앞뒷집 보인다 커터 칼 들고 앉은 내가 보인다

나란하다 쓰러지면 겹쳐지고 부르면 돌아보고 손 내밀면 닿을 것 같은 다정한 거리에

시간의 무늬 속에 나는 있다 실금 같은 경계 위에 사라지며 투명해지는 틈새에 이렇게

눈 깜빡일 때마다 머리칼은 한 뼘씩 자라고 하얗게 세다가 남김없이 사라지고

해골이 되었다가 천사가 되었다가 죽음의 문턱을 넘나드는 서로의 손을 잡아끌다가

거품처럼 부글거리는 가벼운 얼굴을 걷어내면 깊이에 가라앉은 단단한 얼굴들 곁에

별이 빛나는 밤을 위한 밀서를 펼치면 손 흔들며 나타나는 일란성 쌍둥이들

살은 부풀고 트고 쭈그러들고 가벼워지고 투명해지다가 빛나기 시작하고

쉴새없이 잠들고 깨어나는 순간마다 불길한 기쁨들 나선형의 후회들

우울과 비참을 더듬을 때마다 진창에 빠진 표식들이 비스듬한데

창은 안에도 있고 밖에도 있어서 나갈 수도 있고 들어올

수도 있는데

언제까지나 갇혀 있는 이 바람도 별도 밤도 생각하지 않을 수가 없어서

없는 자리마다 시커먼 아픔들 사랑니 뽑은 자리처럼 벌어진 채 아물지를 않는다

잘라낸 한쪽 몸처럼 사라지지 않는다 바람에 흔들리는 창이 바람을 흔들 때마다

쓰러지는 나무들 뿌리째 뽑히는 나무들 뚝뚝 끊어진 잔뿌리 산발한 머리를 들고

아무리 비벼도 환해지지 않는 눈, 그래도 견딜 수 있겠지 상관없다

칼을 잡고 부욱 긋는다 밤이 콸콸 쏟아진다 별이 빛난다

광시(光視)

당신이 저기, 하면 나는 압니다 당신이 있지, 하면 나는 알아요

기다리느라 잠들지 못합니다 당신은 잘 돌아올 텐데 내가 돌아오지 않습니다

빛의 당신을 봅니다 당신의 빛을 봅니다 목이 잘린 필름 속 엉망의 덩어리라니 그래도 여기까지 갸륵하다 기적이라는 생각, 뼈대와 뼈대가 힘줄이 힘줄과 이어집니다 끄트머리쯤에 내가 보여요 모서리처럼 기대고 있습니다 그렇지 않고서야 어떻게 이렇게 흔들려요

빛의 내부인가요 내부의 빛인가요 일렁입니다 번쩍입니다 떨립니다 어지러워요 근일의 증상입니다 원래라는 다들이라는 컴컴한 중얼거림 속을 파고듭니다 당신은 언제부터 언제까지인가요 당신은 당신으로 무엇을 하였나요 당신은 당신이 되었습니까 누가 묻고 누가 답을 하나요

빛이 눈동자를 태웁니다 빛의 눈동자가 태웁니다 너무 환해 보이지 않습니다 눈먼 손으로 헤맵니다, 당신은 지금 누구인가요

해설

견디는 시

양경언 (문학평론가)

1.

우리 앞에 눈 쌓인 풍경이 펼쳐졌다는 상상을 해보자. 이 글이 읽히는 계절이 언제든지 간에 상상을 위해 눈을 감아보는 시간을 잠시 가진다면, 당신은 제일 먼저 아무런 흠결 없이 순수하게 눈이 쌓여 있는 정경을 그릴지도 모르겠다. 마치 핀란드의 화가 악셀리 갈렌칼렐라(Akseli Gallen-Kallela)가 그린 겨울 경치들처럼 두껍게 쌓여 있는 눈은 제 몸이 무엇을 덮고 있는지에 대해선 아랑곳하지 않은 채 새하얄 것이고, (간혹 햇빛이 비치면) 반짝일 것이고, 무엇보다 고요할 것이다. 그 '소리 없음'은 아무런 방해도 받지 않고 차분함을 가질 수 있는 평화일지도 모르겠다. 우리 머릿속의 이미지는 대개 화가들의 붓끝에서 태어난 풍경과 더 닮아 있어서(흥미롭게도 내가 겪은 바로 축적된 기억 속 이미지보다 훨씬 더 미화되기 십상이다), 눈 쌓인 풍경을 상상해보라는 권유에 대한 첫번째 반응으로 우리가 깨끗한 아름다움을 갖춘 이미지를 떠올리는 건 어찌 보면 자연스러운 일이다.

한편, 좀 아슬아슬한 얘기를 해볼까. 이를테면 이런 질문. '우리가 상상한 풍경 이미지는 입을 가지고 있을까.' 앞 문단에서 비유 차원으로 언급했던 악셀리 갈렌칼렐라의 그림을 다시 떠올려보자. 제아무리 눈이 풍성한 층을 이뤄 제 몸으로 가리고 싶다 할지라도, 그의 그림 속 쌓인 눈이 품고 있을 대지의 어떤 부침이 있는 역사—오랜 시간 식민지시기를 가졌던 사회의 사연—에 대해서 우리는 모르지 않는다. 한순간에 고요한 풍경이 연출되어 겉보기엔 평화가 느껴진다 하더라도 쌓인 눈은 제 몸이 무엇을 품고 있는지 내내 신경쓰면서 녹지 않을 온도를 유지하거나, (간혹 햇빛이 비치면) 녹아 지저분해질 것이다. 눈 덮인 아래 꽁꽁 언 들판을 거닐었던 핀란드 민중의 발자국들이 거기에 모여 있으므로 화가의 그림을 좇아 우리가 상상한 눈 쌓인 풍경은 어느덧 소란스러운 시간의 웅얼거림이 일군 이미지가 될지도. 입이 없다고 해서 이미지가 말을 하지 않는 건 아니라는 얘기다.

이미지는 어떻게 말을 하는가. 이 질문은 김박은경의 시에 이르러서는 시인 특유의 말하기 방식에 방점이 찍힌다. 김박은경의 시는 '입이 없다'고 여겨져 겉보기엔 침묵으로 일관하는 것으로 느껴지는 존재가 실은 그 안에선 얼마나 많은 폐허를 견디면서 말하고 있는지에 관해 전한다. 무심한 누군가의 눈이나 귀엔 잘 뜨이지 않는 자리에, 그러나 그곳에 '분명히' 있는 누군가가 안으로 삼키면서 말하는 시. 그러니까, 화자의 내면에서 일어나는 소용돌이가 멈추지 않는 웅얼거림으로 이어지는 시.

가령 「있습니까, 물론이라고」에서 시인은 "공단 통근 버스" 안을 들여다본다. 얼핏 "음이 소거된 화면 속"에서 "조금 젊고 약간 늙은 사람들이 졸며 서 있는" 이미지가 먼저 제시될 법도 하지만(시의 중반부에서야 등장하는 "조금 젊고 약간 늙은"이란 표현도 주목할 만하다. 공단 통근 버스에는 조금이라도 미숙해 보인다거나 혈기왕성한 이미지의 '매우 젊은'이나, 기계를 다루기엔 이미 '많이 늙은' 이들보다 시인의 말마따나 적당하기 그지없는 "조금 젊고 약간 늙은" 사람들이 타고 있는 것으로 그려져 있다), 시인의 시선을 통과해 형성된 버스 안의 풍경에선 시끌벅적한 목소리가 실타래 엉키듯 하면서 들려온다. "살아야 하니까 사는 거라고 어떻게든 살아만 있자"는 푸념에서부터 "조금이라도 벗어나면 탈주라고 하겠지"라는 정해진 삶의 궤도에 대한 불안까지 여러 방향의 웅성임이 마치 한 사람의 내면에서 겹치는 소리 타래인 양 섞이면서 이어지고, 이를 통해 많은 이가 침묵을 유지하는 버스 안은 그이들의 속 시끄러움이 고여 있는, 어쩌면 내면의 데시벨이 정말 높은 공간일 수도 있다는 사실이 드러난다. 고요하다고 해서 "질척한 시궁"이 없는 건 아니거니와 오히려 그러한 흔적이 섞여 있는 것이 곧 삶이라는 듯, 그리고 그러한 것이 "기를 쓰고 증명하"듯이 "정말이지 있"는 현장이 김박은경의 시에선 그려지는 것이다. 시의 호흡이 대체로 가쁘면서도 쉽게 끊어지지 않는 이유는 "아무것도 쓰지 않으면 아무 일도 일어나지 않"(「글자벌레들」)을 것임을 직감하는 시인이 누군가에게는 "들리지 않는 음역 속에" "가볍고 긴 침묵"(같은 시)으로 다뤄진다 하더라도 자발적이면서도 결코 고갈되지 않는 중얼거림이 존재한다는 걸 드러내야 한다는 당위를 붙잡고 있어서겠다. 지면 위 글자들이 입은 없어도 목소리를 가지고 있고, 소리를 낸다고 말하는 시인의 손을 잡고 "빈칸과 여백 사이 핏줄처럼 선명한 길"(같은 시)을 따라나서다보면 우리가 만날 수 있는 목소리의 우주 역시 한 뼘 더 넓어질 가능성을 얻는 셈이다.

김박은경의 시집을 펼치는 일은 독자인 우리에겐 그간의 시야와 가청권의 범위를 넓히는 일, 달리 말해 눈 쌓인 풍경이 고요하다고, 평화롭다고 오해해왔던 시선을 무너뜨리고 거기로부터 새어나오는 목소리를 감지하는 일에 가깝다. 이는 깨끗하게 미화된 삶의 이면에 감추어진 시련을 삶의 구성 요소로 품고 갈 줄 아는 이의 목소리이다.

2.

시인은 어쩌다 "입을 감춘 울음을"(「보통의 불우」) 듣고, "정전 같은 한숨"(같은 시)을 볼 줄 아는 능력을 갖게 되었을까. 혹, 시인 저 자신 역시도 입이 없는 것이나 다름없다고 스스로 여겨왔다거나 혹은, 마음껏 말할 수 있는 입의 자리가 허용되지 않았던 상황에 계속해서 노출되어 있었던지라 하고픈 말이 있다면 오히려 소리를 삼키는 방식으로, 자기 안으로 말이 여러 갈래를 만들어 뻗어나가도록 두는 방식으로 꺼내왔던 것은 아닐까. 요컨대 여러 시편에서 들리는 '웅성거림'은 시인이 다른 누구를 대신해서 전하고자 하는 게 아니라 저 자신과 같은 처지에 있는 이들과 함께, 무엇보다 그이들 가운데 '분명히' 있는 저 자신을 위해 전하고자 하는 것이라고 어림잡아볼 수 있을 듯하다. 이와 같은 짐작을 사실과 가까운 자리에 두면서 김박은경의 시집을 읽을 때 눈에 띄는 특징이 몇 있다.

시집에 수록되어 있는 대다수 시는 주로 '나'의 목소리로 시작하지만 곧바로 '내'가 바라보는 '대상'의 시선이 섞여 들어와 그의 입장이 우세하게 들리는 상황을 만들어낸다. 시가 진행되는 어느 순간에 이르면 지금 누구의 입장에서 말하는 것인지 헷갈리게 되는데, 그러다보니 종종 시의 언술은 일종의 해체적 시선을 보유한 채 펼쳐진다. 「타임」의 일부분을 잠깐 읽자.

> 소란스러운 부리와 더러운 날개와 잃어버린 단추 같은 눈동자를 오리라고 부르지 고기도 있고 깃털도 있고 물갈퀴도 있고 인형도 있고 걸음도 있고 비행도 있는 오리가 뒤뚱뒤뚱 살점을 추스르며 달아나면 모두들 그쪽을 향해 몸을 날리겠지 여봐 지금 시간이 없다 시간이 없어 그렇다면 꽥, 오리는 미안하다는 말을 못하지 입술도 부리도 없으니까 지치지 말라고 미치지 말라고 제발 치지 말라고도 못하지 그럼 뭘 할까 선착순을 외치는 매대 위에서 시식의 불판 위에서 희고 친절한 가슴살이 보기 좋게 익을

때까지 가장 먼저 온 것은 우리가 아닌가요 늙은 귀신처럼 돌아오는 허기에 홀리는 우리는 오리와 무관한가 오리가 우리가 되고 우리가 오리가 되도록 시간이 가고 시간이 오는 거라면 언제든 그것이 무한을 낳는 거라면 가능한 한 불가능이 되는 거라면 타임이 필요해

—「타임」 부분

"시식의 불판 위에서" 익어가는 '오리고기'를 보고 있는 화자의 목소리가 들리는 위 시는 그러나 시적 발상의 출발점인 오리를 파는 마트랄지 식육점 같은 장소에서 시작되지 않는다. 엉뚱하게도 화자는 고기로서의 오리와 마주했을 때보다는 오리의 지금 이전, 그러니까 '오리'라는 존재가 살아 있었던 순간을 포착하듯 말을 연다. 이는 "선착순을 외치는 매대" 근처에서는 보이지도 않거니와 오히려 오리를 고기로 먹을 사람들에겐 금지된 상상일 것이다. 그러나 화자에게 '오리'라고 부르는 존재는 "소란스러운 부리" "더러운 날개" "잃어버린 단추 같은 눈동자"가 있어야 하는 존재다. 뿐인가. 누군가에게는 "고기"로, 누군가에게는 "인형"으로 다가가는 오리는 그 모든 것을 포함했을 때 '오리'로 있을 수 있다. 시에서는 "고기도 있고 깃털도 있고 물갈퀴도 있고 인형도 있고 걸음도 있고 비행도 있는"과 같이 순서의 중요도 없이 오리가 가진 여러 방면을 이어 말하는 열거법을 통해 살아 있는 존재로서의 오리와 먹잇감이나 장

난감으로 다뤄지는 오리가 한 생명의 삶에 모두 해당된다는 것을 알리는데, 화자가 그중 어느 한 특성도 강조하지 않고 말을 이어간다는 점이 섬뜩하다. 이 구절에서부터 "입술도 부리도 없"어서 "말을 못"한다는 오리의 입장이 '고기로 다뤄지는 오리' 앞에서 입맛을 다시는 사람들 사이에 있는 화자의 시선과 연결되어 드러나리란 점이 예견되기 때문이다.

오리의 특성 하나하나를 해체시키듯 바라보는 화자만의 시선으로 시는 시작하지만, "여봐 지금 시간이 없다 시간이 없어"라고 부추기는 음성부터는 이 목소리가 오리를 잡으려는 사람들의 이야기인지, 저 자신의 생이 얼마 남지 않음을 직감한 오리의 이야기인지 애매해진다. 그로부터 이어지는 시의 중반부와 후반부에선 오리의 입장에서 외친 것으로 여겨지는 말들과 "우리"와 "오리"가 무관한지를 묻는 말이 뒤섞이기도 한다. 급기야 "늙은 귀신처럼 돌아오는 허기에 홀리는 우리"가 매대에서 오리고기 시식 순서를 기다리는 모습은, "일생이 다 가는 줄도 모르고" 저 자신에게 주어진 시간을 필요한 만큼 다 쓰지 못한 채(저 자신의 여러 방면을 맘껏 펼쳐내지도 못한 채) 처분을 기다려왔던 오리의 모습과 겹치기까지 하는 것이다. '우리'와 '오리'라는 단어가 모음 하나만 다르다는 점에 착안한 언어유희를 시인이 쓰고 있는 것으로 간편하게 이해하고 넘기기엔 그냥 넘어갈 수 없는 심상치 않은 공기가 이 시적 현장에서는 감지되는 것 같다.

시에서 '우리'는 결국 오리고기를 맛볼 예정이므로, 오리의 시선에서 세상을 바라본 화자에게 이후에 남겨지는 감정은 편안히 종료되지 않을 것이다. 시의 말미에 남겨진 "언제까지나 순서를 기다"리는 태도에 대한 구절에서 (인간을 포함하여) 곧 사라질 생명들의 우매함이 강조되어 느껴지는 이유가 여기에 있을 것이다. 시간은 무엇을 남기는가. 오직 오리의 시선을 경유했을 때에야 시의 화자는 누구에게나 후회와 자책감을 안기는 시간의 속성에 대해 어렴풋이 인지한다.

'나'와 '대상'의 시선이 섞이면서 형성된 시적 장면은 '나'와 '대상'이 한몸처럼 합쳐지는 결과를 만들어내기보다는 혼종적으로 뒤섞임으로써 '내'가 다가간 '상대'의 시선이 펼쳐지고 목소리가 끌어올려지는 결과를 낳는다. 한때 내가 의지했던 나무가 사라진 자리를 들여다보며 나무를 향한 그리움을 표현하는 화자의 시선 위에 나무의 시선이 포개지는 「나무 너무나 나의 나무」에서도 마찬가지다.

나는 차갑고 나무는 차갑지 않고 나는 소란스럽고 나무는 소란스럽지 않고 나는 있고 나의 나무는 없는데 우리 위로 일렁이던 빛들은 어디로 사라졌을까 빛이 없으면 빛에 없을까

빛은 나무의 일로 울지 않는다 나무가 나무의 일로 울지 않는 것처럼 그러나 나무가 울지 않는다는 것을 누가 알까

한 나무의 위급은 곁의 나무들이 안다고 했다 절명의 공포로 함께 떤다고 했다 그날 이 광장은 어땠을까 푸른 잎사귀마다 몹시 어지러웠겠지 숨이 막혔겠지

한 번도 나무가 아니었던 적이 없던 나무를 한 번도 그랬던 적이 없는 내가 생각한다 나무 너무나 나의 나무라고 자꾸 말하다보면 아래가 텅 비어 뿌리 잘린 그 나무의 기분이 되는데 이것은 나의 것인가 잊지 않을 거라고 가능한 한이라고 그러면 그 나무는 지금 나의 안인가, 아닌가

—「나무 너무나 나의 나무」 부분

위의 시에서 '나'는 자신과 '나무'의 다른 점을 일별하면서 나무가 사라진 상태를 살피다가(이때 '나'와 '나무'가 다를 수밖에 없는 이유는 나무의 부재로 인해 발생한 것이다. '나'는 여기에 내내 있지만, '나무'는 아니다. '나무는 내내 없다.' 부정할 수 없는 부재가 '나'와 '나무'가 동화될 수 없는 상황을 알린다), 자신의 시선이 나무의 입장으로 옮겨가면서부터는 "아래가 텅 비어 뿌리 잘린 그 나무의 기분이 되는" 수순을 밟는다. 사라진 나무의 자리를 쓸쓸함과 허망함으로 채우기보다는, 나무의 기분을 받아들이는 방식을 통해 사라진 나무 몫의 목소리 볼륨을 키우는 것이다.

자신의 일부라고 여길 만큼 소중했던 무언가의 부재를 인

지하는 일은 누구에게나 오롯이 홀로 버텨야만 하는 고독한 작업에 해당한다. 그래서라고 말하면 다소 야속할 수 있지만, 그래서인지 상실이 남기는 슬픔과 맞서기 위해 애쓸 줄 아는 이들에게 때때로 삶은 선물처럼 아름다운 질문을 안긴다. 가령 "우리 위로 일렁이던 빛들은 어디로 사라졌을까"와 같은 것. 소중한 무언가의 부재를 납득하기 위해 그 대상이 왜 사라졌는지를 생각하면서 자신과 대상의 다른 점을 일별하다가 역으로 자신과 대상이 연결될 수밖에 없었음을 느끼게 해준 매개체를 떠올릴 때 생기는 질문 같은 것. 그러니까, 나무가 사라진 자리로 인해 깊이 아파하는 '나'의 연약한 상태는 도리어 '내'가 고립되어 있지 않고 무언가와 계속해서 연결되어 있다는 증거임을 일러주는 질문 같은 것 말이다.

빛들의 행방을 궁금해하는 질문이 "그 나무는 지금 나의 안인가, 아닌가"라는 질문에 이르는 위의 시는, 시인이 보유한 유추적 상상력이 단순히 다른 존재와의 동화를 이루기 위해 쓰이지 않음을 알린다. 그보다는 지금은 보이지 않거나, 사라졌다고 여겨지는 다른 존재의 어긋난 시간을 소환하는 일, 그리고 바로 그와 같은 과정을 통해 말하는 이의 정체성이 재구성되는 일에 쓰이고 있다. 「나무 너무나 나의 나무」를 포함하여 이편에 해당하는 시들은 시인에게는 '나'로부터 멀어진 대상이 '나'를 구성하는 일부라는 고약한 사실과, 특정한 누가 장악하지 않고도 '내'가 투영된 '너' '너'

가 투영된 '내'가 나란히 양면을 갖춘 채 '내' 삶의 시간을 이어가고 있다는 사실을 뜨겁게 받아들이는 경로의 역할을 한다. 그러한 시들의 후반부를 차례로 읽자.

언젠가의 밤과 어젯밤과 마지막의 밤까지 내가 너야 네가 나야, 안다 알고 있다 알고 있다는 것을 안다 어제와 내일이 금간 틈으로 빛이 새어나온다 그리로 기어들어간다 안녕, 또 나야

—「안녕, 나야」 부분

한 손에는 죽어가는 꽃을 들고 이미 없는 사람을 품은 채 서로를 태연히 통과하며 죽은 것처럼 쓸쓸해 나를 따라오는 당신도 나무들 사이로 묘석 사이로 누운 십자가 사이로 겨울 입김 사이로 절반은 양지 절반은 음지 사랑하거나 그러지 않던 사람들 누구 하나 기적 없는 예외 속을 아니 예외 없는 기적 속을 그저 걸어가는

—「산책할까요」 부분

먹어도 다시 배가 고픈 것은 밥그릇 위에 올라앉은 사자(死者)들 탓입니다 재를 뿌린 이판사판의 그릇 속으로 짜릿한 탄산이 다시 튀어오르도록 흔들어주세요, 한끼를 위해 흔들고 다음 한끼를 위해 또 흔드니 부글부글 끓어오르는 그릇이 놓인 붉은 식탁보, 붉은 앞치마, 붉은 눈동

자, 붉은 혀, 붉은 목구멍, 붉은 장기들을 지나는 붉은 불길은 어제도 오늘도 뜨거워 날마다 지옥의 연대기를 써대는 중인데 (……) 절대 안 깨지는 그릇을 절대 못 깨면서 죽기 살기로 채우고 비워내면서 어떻게든 살자, 살자 하려니 살자가 이상해지고 차라리 죽자, 죽자 하려니 죽자가 이상해지는데도 디저트를 핥으며 고민하는 겁니다, 내일은 뭘 먹지

—「내일의 메뉴」 부분

"찌르는 목소리와 감싸안는 목소리가 동시"에 존재하는 사랑의 속성을 떠올리면서 잃어버린 연인이 곧 지금의 '나'를 이루고 있음을 알아가는 「안녕, 나야」, 살아 있는 사람이 죽어 있는 사람들 사이를 걷는 풍경을 창안하는 묘지들 사이에서 삶과 죽음이라는 상반된 속성의 공존이 도시의 일부분을 지탱하고 있음을 알리는 「산책할까요」, "죽은 엄마"가 "어서 와 저녁 먹자"라고 수저를 쥐여주는 것만 같은 생생한 실감을 느끼는 매일의 밥상에서 "죽자, 죽자"라는 푸념이 은근슬쩍 '내일'을 열어내는 상황을 전하는 「내일의 메뉴」. 이 세 편의 시는 모두 눈앞에 뚜렷한 존재감을 선보이진 않으면서도 지금 상황을 구성하는 중요한 조건들인 '지금은 없는 것', 혹은 '살아 있는 것의 맞은편에 있는 것'을 다룬다. 시의 후반부에서 드러나는 화자의 태도가 특히 인상적인데, 위의 시들에서는 상실 이후 남겨진 자가 으레 빠져

있을 법한 망연자실한 모습을 좀처럼 내비치지 않는다. 오히려 "잘라낸 한쪽 몸처럼 사라지지 않는" 것을 붙잡고 "그래도 견딜 수 있겠지 상관없다"고 스스로를 다독이는 어엿함(「별이 빛나는 밤」), "있는 사람들 너머로" 보이는 "없는 사람들"을 향해 (「푸른 것, 흰 벽」) "보이지 않는 것을 보는 사람들이 있다"고 안심시키며 "세상에 없는 사람아 그냥 살자 이렇게 함께"라고 메시지를 전하는 살뜰함(「에뮤(Emu)」)이 밴 자세를 취한다. 어떤 존재를 알았다가, 앓았다가, 잃고 난 뒤에 맺을 수 있는 관계란 "그냥 안고 있"는 것임을(「소란」) 이해하는 시인은 상실의 상황이 불우할 순 있지만 그렇다고 우울의 우물에 빠질 순 없는 일이어서 쉼 없이 말을 이으며 기를 쓰고 뒤척이는 태도로 회복의 가능성을 열고자 한다. 김박은경의 시편들에서 들려오는 '웅성거림'을 일컬어 이제 우리는 끝나지 않는 폐허에 남겨진 이들이 몹시 애를 쓰며 빚어내는 견딤의 울림들이라고 적을 수 있을 듯하다.

3.

남겨진 이들 안에 이미 사라진 무언가의 일부가 담겨 있다는 시인의 발상은 우리에게 '있다'와 '없다'의 구분을 분명히 하면서 살아가는 게 과연 삶을 대하는 방식의 전부일 수 있는지를 묻는다. 어쩌면 삶이란 이제는 사라진 앞 시간을 잊고 앞으로 나아가 분명한 절정에 다다라야 하는 여정이 아니라, 앞 시간이 남긴 씨앗을 통해 그저 매 순간을 삶의 절정으로 만들기 위해 노력해야 하는 과정인지도 모른다.

파리에 백 년도 더 된 빵집이 있다 했지 반죽할 때마다 일부를 남겨 다음에 섞는다 했지 종가의 간장도 그렇다 했지 담글 때마다 백 년도 더 된 씨간장을 섞는다 했지 배차즈기라 했지 겁없이 얼음 바람 삼켜 쓰디쓴 맛, 때가 되면 입 벌린 뱀처럼 노란 꽃 피운다 했지

아이가 들어설 때마다 숨 떼어 넣는 일이겠지 그럴 때마다 백년 천년 만년 전 기억들 조금씩 섞이고 부풀어 새살 짓는 일이겠지 낮게 엎드린 통증을 딛고 말랑한 머리 밀어올리는 일이겠지 더 환하고 더 반짝이는 아이들의 아이들까지

(……)

쓰디쓴 맛에 침이 고여 마른 입맛이 돌아오듯 짠맛이 오래 묵어 달게 변하듯 변함없이 겉과 속이 일품인 허기, 눈이 시리고 무릎이 텅 비는 날이 온다 해도 오래전 그 맛이 은근히도 밀고 올라오니 눈뜰 때마다 붉은 해들이 무진한

미뢰처럼 솟아오르는 일이겠지

—「미슐랭 가이드의 맛」 부분

파리의 백 년도 더 된 빵집에서 반죽의 일부를 남겨두고 다음 빵을 굽듯, 종갓집에서 씨간장을 섞어 다음의 밥상을 차리듯, 사라진 앞 시간이 "쓰디쓴 맛"을 지닌 "통증"과 같다 할지라도 그를 품고 생을 이어붙일 때 "무진한 미뢰"처럼 매일의 "해"가 솟아날 수 있음을 전하는 시다. 시인에겐 과거의 고통을 잊기 위해서 어떻게 해야 할지 해결책을 찾아나서는 행위보다 우리에게 남겨진 고통이 무엇을 말하는지를 알고자 하는 행위가 중요하다. 이는 시인이 우리의 삶을 미화해서 만든 상상 속에 사는 일보다 풍경의 흉측함을 견딤으로써 얻는 진실로 살아가는 일이 더 귀하다고 여겨서겠다. 시몬 베유의 표현을 빌려 말하자면,[1] 김박은경은 상상한 것과 실제의 모습 사이의 불균형을 견디면서 '이 풍경은 흉측하다'가 아니라 '나는 견딘다'라고 말하는 시인에 해당한다.

삶에 고이는 흉측함을 가린 채 폭죽이 터지는 자리에만 시가 있는 게 아니다. 폭죽이 일그러뜨리는 밤하늘의 표정

1) "상상한 것과 실제의 모습 사이의 불균형을 견딜 것. '나는 견딘다'가 '이 풍경은 흉측하다'보다 낫다." —시몬 베유 (루트 클뤼거, 『삶은 계속된다』, 최성만 옮김, 문학동네, 2018, 제사 참조)

을 순정하게 마주하면서 쓰이는 시도 있기 때문이다. 백치의 가면을 일부러 순순히 쓴 채 우여곡절이라는 삶의 진실을 현명하게 견디면서 어떤 시인은 탄생한다. 오늘 우리가 만난 김박은경이 그렇다.

김박은경 2002년 『시와 반시』를 통해 등단했다. 시집으로 『온통 빨강이라니』 『중독』이 있다.

문학동네시인선 148
못 속에는 못 속이는 이야기

1판 1쇄 2020년 10월 15일
1판 3쇄 2023년 10월 12일

지은이 | 김박은경
책임편집 | 김민정
편집 | 유성원 김필균 김동휘 송원경
디자인 | 수류산방(樹流山房)
본문 디자인 | 유현아
마케팅 | 정민호 서지화 한민아 이민경 안남영 왕지경 황승현 김혜원 김하연
브랜딩 | 함유지 함근아 고보미 박민재 김희숙 정승민 배진성
제작 | 강신은 김동욱 이순호
제작처 | 영신사

펴낸곳 | (주)문학동네
펴낸이 | 김소영
출판등록 | 1993년 10월 22일 제406-2003-000045호
주소 | 10881 경기도 파주시 회동길 210
전자우편 | editor@munhak.com
대표전화 | 031) 955-8888 팩스 | 031) 955-8855
문의전화 | 031) 955-3576(마케팅), 031) 955-8865(편집)
문학동네카페 | http://cafe.naver.com/mhdn
인스타그램 | @munhakdongne 트위터 | @munhakdongne
북클럽문학동네 | http://bookclubmunhak.com

ISBN 978-89-546-7461-4 03810

* 이 도서는 2015년 아르코문학창작기금의 수혜를 받아 발간되었습니다.

잘못된 책은 구입하신 서점에서 교환해드립니다.
기타 교환 문의: 031) 955-2661, 3580

www.munhak.com

문학동네